中等职业教育
计算机专业系列教材

CorelDRAW
基础及应用

中等职业教育计算机专业系列教材编委会

刘　铁　主　编

熊艳梅　陈晓峰　袁　文　刘昆杰　副主编

（以姓氏笔画为序）编　者

刘昆杰　刘　铁　江媛媛　陈晓峰
胡　凯　袁　文　熊艳梅

重庆大学出版社

内容简介

本书介绍使用CorelDRAW X4进行平面图形图像设计的方法，其内容包括平面设计的基本概念及CorelDRAW X4的基本操作、形状绘制与造型设计、文字效果与图文排版、位图编辑与滤镜特效及CorelDRAW X4的市场运用等。

全书共5个模块，每个模块包括了多个任务，以任务方式引导读者学习知识，在制作过程中培养学习兴趣，用到什么工具就介绍该工具的使用方法，并配以相关练习。

本课程是平面设计专业和多媒体制作专业学生学习图形图像处理的一门必修课程，也可以作为其他计算机类专业的选修课程。

图书在版编目(CIP)数据

CorelDRAW基础及应用/刘铁主编.—重庆：重庆
大学出版社，2011.2
中等职业教育计算机专业系列教材
ISBN 978-7-5624-5959-0

Ⅰ.①C… Ⅱ.①刘… Ⅲ.①图形软件，
CorelDRAW—专业学校—教材 Ⅳ.①TP391.41

中国版本图书馆CIP数据核字（2011）第014158号

教育部推荐用书
中等职业教育计算机专业系列教材
CorelDRAW基础及应用
中等职业教育计算机专业系列教材编委会
主 编 刘 铁
策划编辑：王 勇 李长惠 王海琼
责任编辑：王海琼 张晓华 版式设计：莫 西
责任校对：刘雯娜 责任印制：赵 晟
*
重庆大学出版社出版发行
出版人：邓晓益
社址：重庆市沙坪坝正街174号重庆大学（A区）内
邮编：400030
电话：（023）65102378 65105781
传真：（023）65103686 65105565
网址：http://www.cqup.com.cn
邮箱：fxk@cqup.com.cn（营销中心）
全国新华书店经销
自贡新华印刷厂印刷
*
开本：787×1092 1/16 印张：11.5 字数：287千
2011年2月第1版 2011年2月第1次印刷
印数：1—3 000
ISBN 978-7-5624-5959-0 定价：25.00元

前言

　　随着中等职业教育改革的不断深入，以效果为导向的案例式教学已经迅速地应用到实际教学过程中。根据教育部中等职业教育人才培养的目标要求，以新课程改革的教学思想为指导，按照当前计算机平面图形图像处理行业的用人需求，以及中等职业学校计算机应用专业培养平面图形图像设计的初、中级技术人才的要求，本书将教学内容分模块展示，以案例教学进行编写。

　　本书的特点：

　　（1）本书以学则用之，用则练之，任务驱动为原则，采用案例式的编写方式，力求以简明通俗和生动真实的案例介绍使用CorelDRAW X4进行平面图形图像设计的方法。

　　（2）以案例为驱动，先做，培养兴趣，用到什么工具就介绍该工具的使用方法，将不常用的工具的用法放在知识链接中，再配以相关练习。案例的选择力求突出其代表性、典型性和实用性。

　　（3）任务设计灵活多样，既贯穿相应的知识体系，又具有一定的美术创意，能较好地培养学生的审美能力和创作思路。在制作过程中，还考虑平面设计工作中最常用的技法和商业制作流程，以提高学生的学习兴趣和实际工作能力。

　　（4）为了更好地达到学以致用的目的，本教材的编写，立足生活，所做即所见；立足市场，所做即所需；立足行业，所做即流程。这样有助于培养学生将理论知识运用于生活实际，能较快地适应市场需要，让学生一出校门就成为平面设计的熟手。

　　（5）为了方便教学，编者为本书提供的所有案例、练习所用的全部素材、源文件及效果图都可在重庆大学出版社的资源网站（www.cqup.com.cn，用户名和密码：cqup）下载。

本书各模块的构成及功能如下：

【模块概述】 概括说明本模块将要介绍的知识点和操作技能，以及学生应达到的目标。

【任务导读】 简述本任务要完成的具体任务及涉及的操作技术。

【操作步骤】 完成本任务实例的具体步骤。

【知识装备】 讲述本任务使用到的工具以及相关知识点。

【友情提示】 含知识的总结和工具命令等的使用技巧。

【想一想】【做一做】 在任务结束后，让学生去思考、体会和实际操作。

在本书的编写过程中得到了很多同行、专家的大力帮助与支持，编者在此一并表示感谢。

由于编者时间有限，书中难免有不足之处，敬请广大读者提出宝贵意见，以便不断改进和完善。

编 者

2010年8月

目 录

1

模块一

CorelDRAW X4快速入门

模块概述

CorelDRAW X4是Corel公司开发的一款平面矢量图形设计软件，它具有图形制作、图片处理、文字编排等功能，是当今最流行的平面设计软件之一。它强大的矢量图形设计功能在业界得到推崇，并广泛应用于印刷、包装设计、矢量图设计、平面广告设计、服装设计、效果图绘制以及文字排版等领域。在本模块中，主要学习CorelDRAW X4的操作界面、文件的基本操作，从而初步认识CorelDRAW X4，为进一步深入学习平面图形设计制作奠定基础。

学习完本模块后，你将能够：

- 了解计算机图形设计的基本概念；
- 掌握CorelDRAW X4的操作界面；
- 掌握图像文件的基本操作；
- 会用模版制作文化衫。

任务一　了解平面设计的基本概念 —— 矢量图、位图和色彩模式

任务导读

本任务主要介绍平面设计的一些基本术语和相关概念，为平面设计作品的创造性和艺术性打下基础。

完成本任务可以学会的技能有：

• 平面设计的一些基本概念

• 平面设计的相关构图元素

一、平面设计的基本概念

1.平面设计

平面设计是将不同的基本图形，按照一定的规则在平面上组合成图案。它是在二度空间范围之内以轮廓线来划分图与地之间的界限，描绘形象。平面设计所表现的立体空间感，并非实在的三度空间，仅仅是图形对人的视觉引导作用所形成的幻觉空间。

2.矢量图与位图

• 矢量图　矢量图使用线段和曲线描述图像，其中包含了色彩和位置信息。如图1-1所示的星就是利用大量的点连接成曲线来描述星的轮廓线，然后根据轮廓线，在图形内部填充一定的色彩。

在编辑矢量图形时，改变的是描述图形形状的线和曲线的属性，这些属性将被记录下来。对矢量图形的操作，例如移动、重新定义尺寸和形状，或者改变矢量图形的色彩，都不会改变矢量图形的显示品质，此外还可以通过矢量对象的交叠，使得图形的某一部分被隐藏，或者改变对象的透明度。矢量图形是独立于分辨率的，当我们在显示或输出图像时，图像的品质不受设备分辨率的影响。图1-1是放大后的矢量图形，图像的品质没有受到放大的影响。

矢量图放大

图1-1

· 位图　位图使用被称为像素的一格一格的小点来描述图像。在位图中，如图1-2所示，星星的图形是由每一个网格中的像素点的位置和色彩值来决定的。每一点的色彩是固定的，当在更高分辨率下观看图像时，每一个小点看上去就像是一个个马赛克色块。

在编辑位图时，是在一点一点的定义图像中的所有像素点的信息，而不是类似矢量图只需要定义图形的轮廓线段和曲线。因为一定尺寸的位图图像是在一定分辨率下被一点一点记录下来的，所以这些位图图像的品质与图像生成时采用的分辨率相关。当图像放大后，会在图像边缘出现锯齿状马赛克色块，如图1-2右图所示。

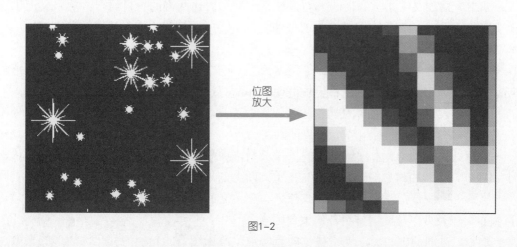

位图
放大

图1-2

矢量图可以无限放大，不会失真，不会出来小方块；位图放大后会模糊，放大到最后，能看出是由一个个小方块组成的。

3.RGB与CMYK色彩模式

· RGB模式　RGB模式是基于自然界中3种基色光的混合原理，将红（Red）、绿（Green）、蓝（Blue）3种基色按照从0（黑）~255（白色）的亮度值在每个色阶中分配，从而指定其色彩。当不同亮度的基色混合后，便会产生出256×256×256种颜色，约为1 670万种。例如，一种明亮的红色可能R值为246，G值为20，B值为50；当3种基色的亮度值相等时，产生灰色；当3种亮度值都是255时，产生纯白色；而当所有亮度值都是0时，产生纯黑色。3种色光混合生成的颜色一般比原来的颜色亮度值高，所以以RGB模式产生颜色的方法又被称为色光加色法。

· CMYK颜色模式　CMYK颜色模式是一种印刷模式，其中4个字母分别指青（Cyan）、洋红（Magenta）、黄（Yellow）、黑（Black），在印刷中代表4种颜色的油墨。CMYK模式在本质上与RGB模式没有什么区别，只是产生色彩的原理不同。RGB模式由光源发出的色光混合生成颜色，而CMYK模式由光线照到有不同比例C，M，Y，K油墨的纸上，部分光谱被吸收后，反射到人眼的光产生颜色。由于C，M，Y，K在混合成色时，随着C，M，Y，K 4种成分的增多，反射到人眼的光会越来越少，光线的亮度会越来越低，所有CMYK模式产生颜色的方法又被称为色光减色法。

　　RGB色彩模式是最基础的色彩模式，也是一种重要的模式。只要是在计算机屏幕上显示的图像，就一定是RGB模式，因为显示器的物理结构就是遵循RGB模式。RGB模式是一种发光的色彩模式，所以在一间黑暗的房间内仍然可以看见屏幕上的内容。CMYK是一种依靠反光的色彩模式，是由阳光或灯光照射到物体上，再反射到人眼中，才能看到内容，在黑暗房间内不能看见。

4.平面设计术语

　　• 和谐　从狭义上讲，和谐的平面设计是统一与对比两者的有机结合；从广义上讲，是在判断两种以上的要素，或部分与部分的相互关系时，各部分给人的感觉和意识是一种整体协调的关系。

　　• 对比　对比又称对照，把质或量反差很大的两个要素成功地配置在一起，使人感觉鲜明强烈而又具有统一感，使主体更加鲜明、作品更加活跃。

　　• 对称　假定在一个图形的中央设定一条垂直线，将图形分为相等的左右两个部分，其左右两个部分的图形完全相等，这就是对称。

　　• 平衡　平衡从物理上理解是指的重量关系，在平面设计中指的是根据图像的形状、大小、轻重、色彩和材质的分布作用与视觉判断上的平衡。

　　• 比例　比例是指部分与部分，或部分与整体之间的数量关系。它是构成设计中一切单位大小，以及各单位间编排组合的重要因素。

　　• 重心　画面的中心点，就是视觉的重心点，画面图像的轮廓的变化，图形的聚散，色彩或明暗的分布都可对视觉中心产生影响。

　　• 节奏　节奏用于在构成设计上，它是指以同一要素连续重复时所产生的运动感。

　　• 韵律　在平面构成中，单纯的单元组合重复易于单调，由有规律变化的形象或色块间以数比、等比处理排列，使之产生音乐的旋律感，成为韵律。

5.平面设计的元素

　　•概念元素　所谓概念元素是那些实际不存在的，不可见的，但人们的意识又能感觉到的东西。例如我们看尖角的图形时，感到上面有点，物体的轮廓上有边缘线，其中的概念元素包括点、线和面。

　　•视觉元素　概念元素不在实际的设计中加以体现，它将是没有意义的。概念元素通常是通过视觉元素体现的，视觉元素包括图形的大小、形状、色彩等。

　　•关系元素　视觉元素在画面上如何组织、排列，是靠关系元素来决定的，包括方向、位置、空间、重心等。

　　•实用元素　实用元素指设计所表达的含义、内容、设计的目的及功能。

二、元素的运用

1.点、线、面的构成

形象是物体的外部特征，是可见的。形象包括视觉元素的各部分，所有的概念元素如点、线、面再现于画面时，也具有各自的形象。点效果如图1-3所示，线效果如图1-4所示，面效果如图1-5所示。

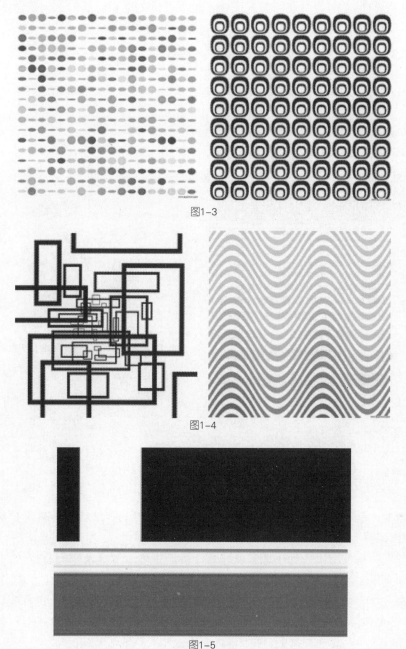

图1-3

图1-4

图1-5

在平面设计中，由一组组相同或相似的形象组成，其每一组称为基本形，它是一个最小的构图单位，将基本形根据一定的构成原则排列、组合，便可得到最好的构成效果。在构成中，由于基本形的组合，便产生了形与形之间的组合关系，这种关系主要有：

- 分离　形与形之间不接触，有一定距离。
- 接触　形与形之间边缘正好相切。
- 复叠　形与形之间是复叠关系，由此产生上下、前后和左右的空间关系。
- 透叠　形与形之间透明性的相互交叠，但不产生上下和前后的空间关系。
- 结合　形与形之间相互结合，成为较大的新形状。
- 减却　形与形之间相互覆盖，覆盖的地方被剪掉。
- 差叠　形与形之间相互交叠，交叠的地方产生新的形状。
- 重合　形与形之间相互重合，变为一体。

2.渐 变

渐变是一种构图效果，如在行驶的道路上我们会感到树木由近到远、由大到小地渐变。渐变效果如图1-6所示。

图1-6

渐变有如下6种类型：

- 形状渐变　一个基本形渐变到另一个基本形，基本形可以由完整渐变到残缺，也可以由简单渐变到复杂，由抽象渐变到具象。
- 方向渐变　基本形可在平面上作方向的渐变。
- 位置渐变　基本形作为位置渐变时需用骨架，因为基本形在作位置渐变时，超出骨架的部分会被切掉。
- 大小渐变　基本形由大到小地渐变排列，会产生远近深度及空间感。
- 色彩渐变　在色彩中，色相、明度、纯度都可以有渐变效果，产生有层次的美感。
- 骨骼渐变　骨骼有规律的变化，使基本形在形状、大小、方向上进行变化。划分骨骼的线可以做水平、垂直、斜线、折线、曲线等各种骨骼的渐变。渐变的骨骼精心排列，会产生特殊的视觉效果，有时还会产生错视和运动感。

3.重 复

重复是指在同一设计中，相同的形象出现过两次以上。重复是设计中比较常用的手法，以加强给人的印象，造成有规律的节奏感，使画面统一。用来重复的形状称为基本形，每一基本形为一个单位，然后以重复的手法进行设计，基本形不宜复杂，以简单为主。重复效果如图1-7所示。

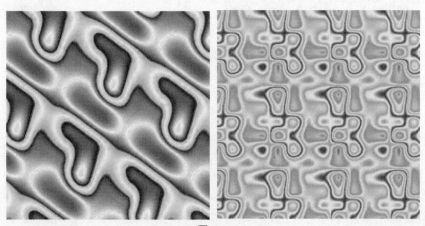

图1-7

重复有以下7种类型：

•基本形重复　在构成设计中使用同一个基本形构成的图面称为基本形重复，这种重复在日常生活中到处可见，如高楼上的一扇扇窗户。

•骨骼重复　如果骨骼每一单位的形状和面积均完全相等，这就是一个重复的骨骼，它是规律性骨骼最简单的一种。

•形状重复　形状是最常用的重复元素，在整个构成中重复的形状可在大小、色彩等方面有所变动。

•大小重复　相似或相同的形状，在大小上进行重复。

•色彩重复　在色彩相同的条件下，形状、大小可有所变动。

•肌理重复　在肌理相同的条件下，大小、色彩可有所变动。

•方向重复　形状在构成中有着明显一致的方向性。

4.近 似

近似指的是在形状、大小、色彩、肌理等方面有着共同特征，它表现了在统一中呈现生动变化的效果。近似的程度可大可小，如果近似的程度大就产生了重复感；近似程度小就会破坏统一。近似效果如图1-8所示。

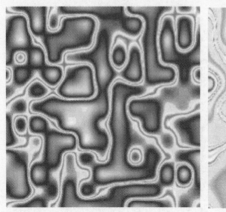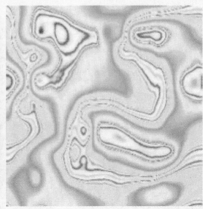

图1-8

近似有如下两种类型：

•形状近似　两个形象如果属同一族类，它们的形状均是近似的，如同人类的形象一样。

•骨骼近似　骨骼可以不是重复而是近似的，也就是说骨骼单位的形状、大小有一定变化，是近似的。

 友情提示

渐变的变化是规律性很强的，基本形排列非常严谨；而近似的变化规律性不强，基本形和其他视觉要素的变化较大，也比较活泼。

5.骨　骼

骨骼网决定了基本形在构图中彼此的关系。有时，骨骼也成为形象的一部分，骨骼的不同变化会使整体构图发生变化。骨骼效果如图1-9所示。

图1-9

骨骼有如下5种：

• 规律性骨骼 规律性骨骼有精确严谨的骨骼线，有规律的数字关系，基本形按照骨骼排列，有强烈的秩序感。主要有重复、渐变、发射等骨骼。

• 非规律性骨骼 非规律性骨骼一般没有严谨的骨骼线，构成方式比较自由。

• 作用性骨骼 作用性骨骼是使基本形彼此分成各自单位的界线。基本形在骨骼单位内可自由改变位置、方向、正负，甚至越出骨骼线。

• 非作用性骨骼 非作用性骨骼是概念性的，有助于基本形的排列组织，但不会影响它们的形状，也不会将空间分割为相对独立的骨骼单位。

• 重复性骨骼 重复性骨骼是指骨骼线分割的空间单位在形状、大小上完全相同，它是最有规律性的骨骼，基本形按骨骼连续性排列。

想一想

举例说明我们身边哪些地方运用了平面设计元素？

任务二　初识CorelDRAW X4
——启动方法和工作界面

任务导读

在本任务中，我们将学习CorelDRAW X4的启动方法，熟悉CorelDRAW X4的工作界面，为更好地学习本软件打下基础。

完成本任务可以学会的技能有：

• 启动CorelDRAW X4的各种方法

• 认识CorelDRAW X4的启动界面

• 熟悉CorelDRAW X4工作界面的各个组成部分

• 了解工具箱中各个工具的功能

CorelDRAW是加拿大Corel公司引以为荣的优秀绘图软件，CorelDRAW X4是一款矢量图绘图软件，它融合了绘画与插图、文本操作、绘图编辑、桌面出版及版面设计、追踪、文件转换等高品质的输出于一体。在工业设计、产品包装造型设计、网页制作、建筑施工与效果图绘制等设计领域中得到了极为广泛的应用，如图1-10所示。

产品包装造型设计

建筑效果图

网页制作效果图

图1-10

一、启动CorelDRAW X4

安装CorelDRAW X4软件后，单击"开始"→"程序"→"CorelDRAW Graphics Suite X4"→"CorelDRAW X4"命令，即可启动CorelDRAW X4，欢迎屏幕如图1-11所示。

 友情提示

启动CorelDRAW X4的方法通常还可以：

①执行"开始"→"程序"→"CorelDRAW Graphics Suite X4"→"CorelDRAW X4"命令。

②双击桌面上的CorelDRAW X4快捷图标 CorelDRAW X4。

③双击某一个".cdr"文件。

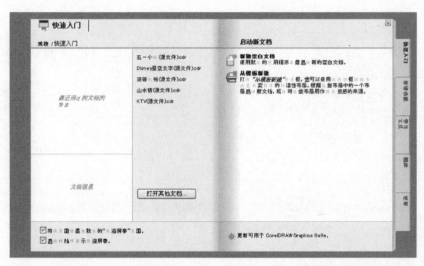

图1-11

二、CorelDRAW X4的工作界面

（1）认识CorelDRAW X4的工作界面。

启动CorelDRAW X4后，在启动界面中单击"新建空白文档"按钮，如图1-11所示。

（2）认识CorelDRAW X4。

成功启动CorelDRAW X4后的工作界面如图1-12所示。

（3）认识工具箱。

在工具箱中有些工具右下角带有黑色小三角符号，表示该工具还有其他隐藏的工具，用鼠标按住该工具即可显示出相关的隐藏工具，工具箱展开后如图1-13所示。

想一想

①启动CorelDRAW X4还有哪几种方法？

②除了在启动界面中单击"启动新文档"按钮可新建文件外，你还知道有哪些方法可以新建文件？

做一做

①在CorelDRAW X4的启动界面中，分别查看"欢迎""快速入门""学习工具""新增功能""图库""更新"6个选项卡的内容。

②在CorelDRAW X4的工作界面，将"属性栏""工具箱""状态栏"移动到其他情况位置。

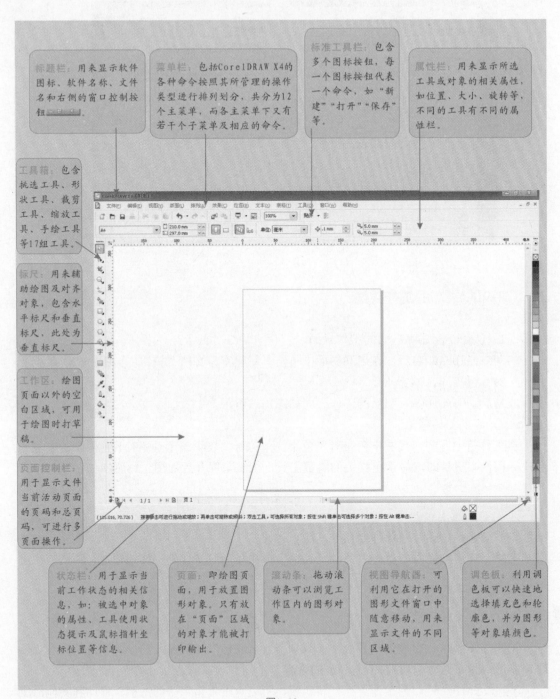

标题栏：用来显示软件图标、软件名称、文件名和右侧的窗口控制按钮 ▢▢▢。

菜单栏：包括CorelDRAW X4的各种命令按照其所管理的操作类型进行排列划分，共分为12个主菜单，而各主菜单下又有若干个子菜单及相应的命令。

标准工具栏：包含多个图标按钮，每一个图标按钮代表一个命令，如"新建""打开""保存"等。

属性栏：用来显示所选工具或对象的相关属性，如位置、大小、旋转等，不同的工具有不同的属性栏。

工具箱：包含挑选工具、形状工具、裁剪工具、缩放工具、手绘工具等17组工具。

标尺：用来辅助绘图及对齐对象，包含水平标尺和垂直标尺，此处为垂直标尺。

工作区：绘图页面以外的空白区域，可用于绘图时打草稿。

页面控制栏：用于显示文件当前活动页面的页码和总页码，可进行多页面操作。

状态栏：用于显示当前工作状态的相关信息，如：被选中对象的属性、工具使用状态提示及鼠标指针坐标位置等信息。

页面：即绘图页面，用于放置图形对象。只有放在"页面"区域的对象才能被打印输出。

滚动条：拖动滚动条可以浏览工作区内的图形对象。

视图导航器：可利用它在打开的图形文件窗口中随意移动，用来显示文件的不同区域。

调色板：利用调色板可以快速地选择填充色和轮廓色，并为图形等对象填颜色。

图1-12

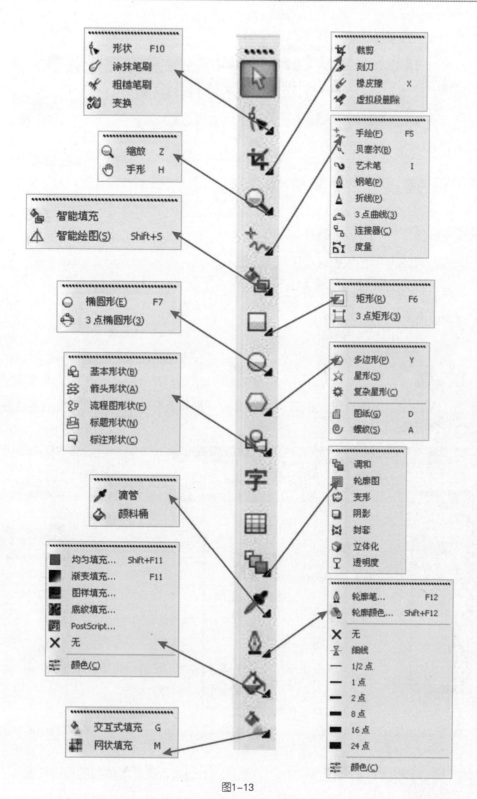

形状	F10
涂抹笔刷	
粗糙笔刷	
变换	

裁剪	
刻刀	
橡皮擦	X
虚拟段删除	

| 缩放 | Z |
| 手形 | H |

手绘(F)	F5
贝塞尔(B)	
艺术笔	I
钢笔(P)	
折线(P)	
3点曲线(3)	
连接器(C)	
度量	

| 智能填充 | |
| 智能绘图(S) | Shift+S |

| 椭圆形(E) | F7 |
| 3点椭圆形(3) | |

| 矩形(R) | F6 |
| 3点矩形(3) | |

基本形状(B)	
箭头形状(A)	
流程图形状(F)	
标题形状(N)	
标注形状(C)	

多边形(P)	Y
星形(S)	
复杂星形(C)	
图纸(G)	D
螺纹(S)	A

调和	
轮廓图	
变形	
阴影	
封套	
立体化	
透明度	

| 滴管 | |
| 颜料桶 | |

均匀填充...	Shift+F11
渐变填充...	F11
图样填充...	
底纹填充...	
PostScript...	
无	
颜色(C)	

轮廓笔...	F12
轮廓颜色...	Shift+F12
无	
细线	
1/2点	
1点	
2点	
8点	
16点	
24点	
颜色(C)	

| 交互式填充 | G |
| 网状填充 | M |

图1-13

13

任务三　学会CorelDRAW X4版面的常规设置
——版面设置和打印设置

任务导读

　　本任务主要学习CorelDRAW X4 版面大小设置、工具栏设置和打印设置，为下一步操作打下基础。

　　完成本任务可以学会的技能有：

- 掌握CorelDRAW X4的版面大小设置

- 掌握CorelDRAW X4的工具栏运用

- 掌握版面的打印输出设置

一、设置版面

　　单击工具栏中"版面设置"按钮，在弹出的下拉列表框中选择系统预设的各种标准版面，如图1-14所示。

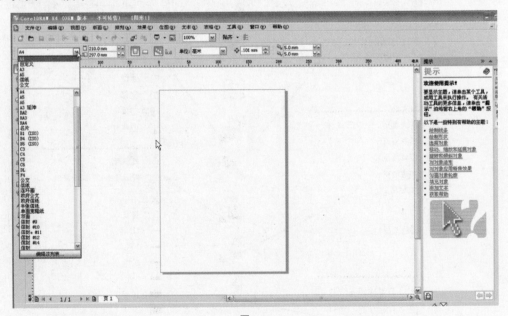

图1-14

　　或在下拉列表中选择"自定义"选项，然后在右边输入设计需要的版面的长宽尺寸，单位为毫米。

二、设置工具栏

在"窗口"→"工具栏"的子菜单中，可分别将菜单栏、状态栏、工具箱等工具栏进行显示或隐藏，如图1-15所示。也可单击工具栏的空白处，然后在弹出的快捷菜单中选择，如图1-16所示。

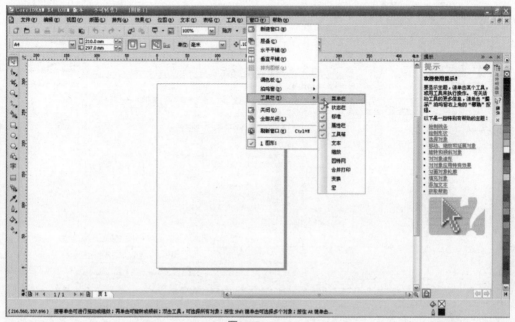

图1-15

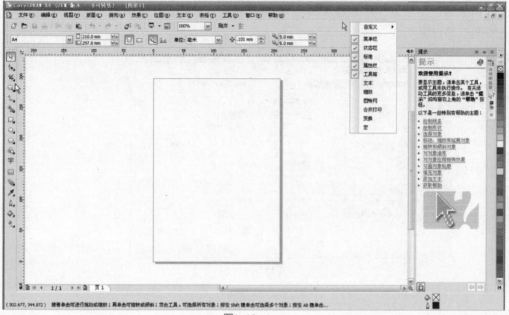

图1-16

三、打印设置

单击"文件"→"打印设置"命令，弹出"打印设置"对话框，如图1-17所示。

图1-17

单击"属性"按钮，弹出图1-18所示的对话框，可分别对打印质量、完成方式、打印版面进行相应的设置。

图1-18

想一想

①简述其他设置版面的方法。

②简述其他进行打印设置的方法。

做一做

①在CorelDRAW X4的工作界面中先隐藏菜单栏、状态栏、工具箱，然后再分别显示出来。

②请设置一个高为400 mm、宽为600 mm的版面，并设置打印在一张A4纸上。

任务四　运用模板制作"文化衫"
—— 文件的基本操作和模板新建文件

任务导读

本任务将通过CorelDRAW X4系统中自带的模板来快速新建文件，制作一件"文化衫"，逐步掌握CorelDRAW X4文件的基本操作方法和熟悉CorelDRAW X4系统中的部分工具的使用方法。

完成本任务可以学会的技能有：

• CorelDRAW X4文件的基本操作方法和部分工具的使用

• 学会用模板新建文件的方法并完成文化衫设计稿

操作步骤

（1）打开CorelDRAW X4窗口，执行"文件"→"从模板新建"命令，如图1-19所示。单击"从模板新建"后弹出"从模板新建"对话框，选择模板中的"其他宣传资料"，然后双击打开"景观美化衬衫"，如图1-20所示。

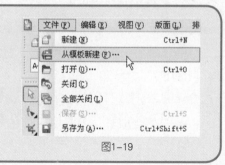

图1-19

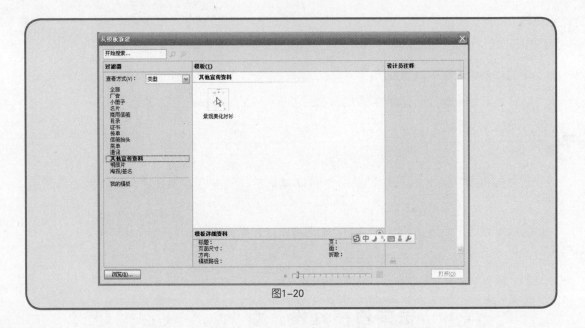

图1-20

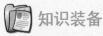 知识装备

新建文件的方法：
- 执行"文件"→"新建"命令。
- 执行"文件"→"从模板新建"命令。
- 按"Ctrl+N"快捷键。
- 在启动界面中单击"新建空白文档"或"从模板新建"按钮。
- 在标准工具栏中单击"新建"按钮。

打开文件的方法：
- 执行"文件"→"打开"命令。
- 执行"文件"→"打开最近用过的文件"命令。
- 按"Ctrl+O"快捷键。
- 在启动界面中单击"直接打开最近用过的文件"或"打开其他文档"按钮。
- 在标准工具栏中单击"打开"按钮。

 友情提示

CorelDRAW X4图像文件的扩展名默认为.cdr，CorelDRAW X4模板文件的扩展名为.cdt。低版本的软件不能打开高版本制作的文件。

（2）通过模板创建的"景观美化衬衫"如图1-21所示，执行"文件"→"另存为"命令，将此模板保存的文件命名为：文化衫。单击文化衫外框，在窗口右边调色盘中选择黄色，将文化衫填充为黄色，如图1-22所示。

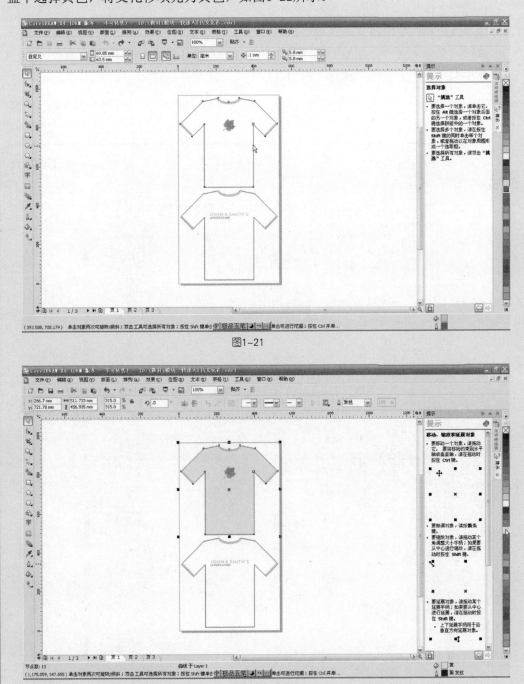

图1-21

图1-22

知识装备

保存文件的方法：
- 执行"文件"→"保存"命令。
- 按"Ctrl+S"快捷键。
- 执行"文件"→"另存为"或"文件"→"另存为模板"命令。
- 在标准工具栏中单击"保存"按钮。

（3）单击文化衫袖口，然后在调色盘中选择红色，将文化衫袖口及领口填充为红色，如图1-23所示。

图1-23

（4）选择枫叶图案，拖动边框改变其大小，然后移到文化衫胸前的位置，作为文化衫正面图样，如图1-24所示。

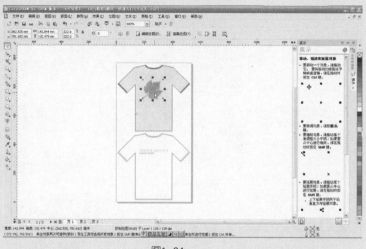

图1-24

　　（5）重复（1）～（4）的步骤，将文化衫背面袖口、领口的颜色调整为红色，将文字移到适当位置，调整颜色，得到的效果图如图1-25所示，最后单击"保存"按钮，完成利用模板文件制作"文化衫"，最后关闭文件，退出程序。

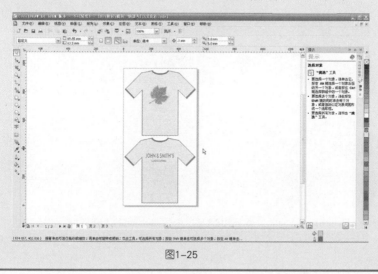

图1-25

 知识装备

关闭文件的方法：
- 执行"文件"→"关闭"或"文件"→"全部关闭"命令。
- 执行"窗口"→"关闭"或"窗口"→"全部关闭"命令。
- 单击标题栏右侧的"关闭"按钮 ✕。

 友情提示

　　执行"文件"→"退出"命令或按"Alt+F4"快捷键，也可关闭文件，同时退出CorelDRAW程序。

想一想

利用模板文件制作有什么好处？

 做一做

尝试利用CorelDRAW X4的模板文件，制作一张风景明信片。

模块二

形状绘制与造型设计

模块概述

在CorelDRAW X4中，工具箱中包含了基本绘图工具、文本处理工具以及特殊效果处理工具，而基本绘图工具是创建基本图形、绘制造型设计最常用的选择。本模块将对工具箱的基本绘图工具、填充工具等进行介绍，在实际操作中熟练运用这些工具将对图形绘制起到事半功倍的效果。

学习完本模块后，你将能够：

- ●掌握基本绘图工具的使用方法；
- ●掌握形状工具的使用方法；
- ●掌握填充工具、交互式填充工具的使用方法；
- ●掌握交互式工具的使用方法。

任务一 医疗标志
——椭圆工具和挑选工具的使用

 **任务导读**

本任务是在CorelDRAW X4中绘制医疗标志，其效果如图2-1所示。本任务将会使用工具箱中的挑选工具、椭圆工具和矩形工具来绘制图形，并掌握对象的填充颜色以及轮廓线的设置方法。

完成本任务可以学会的技能有：

· 使用椭圆工具、矩形工具绘制图形

· 用挑选工具选取对象

· 设置轮廓线

图2-1

操作步骤

1.绘制十字形状

（1）选择矩形工具 ▭，在页面中间创建一个矩形，并在属性栏中修改长为100 mm，高为30 mm，其属性栏和绘制的形状如图2-2所示。

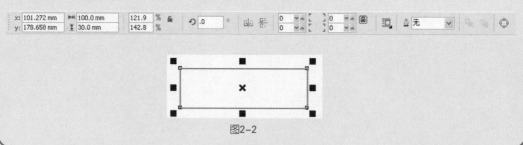

图2-2

 **知识装备**

· 矩形工具（快捷键"F6"键）有矩形、3点矩形两种。
· 属性栏从左至右分别为对象位置、对象大小、缩放比例、旋转角度、水平/垂直镜像、边角圆滑度、段落文本换行、轮廓线参数、图层叠序、转换为曲线。

友情提示

双击矩形工具，会创建一个与页面等大的图形。

（2）使用挑选工具 ▷ 选中矩形，按小键盘上的"+"键，复制一个矩形，在属性栏的"旋转角度"框中输入旋转的角度为90°，执行后效果如图2-3所示。

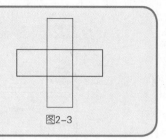

图2-3

知识装备

挑选工具的使用方法：
- 直接单击为选择对象，再次单击可旋转、缩放、倾斜、镜像对象。
- 按"Space"键可以快速切换到挑选工具。
- 按"Shift"键并逐一单击对象，可以连续选择多个对象。
- 可以框选多个对象。
- 选中对象后按住左键拖动，可移动对象。

（3）选择挑选工具，框选两个矩形。单击调色板中的填充图标 ◇☒无，弹出"均匀填充"对话框，如图2-4所示，设置CMYK的值如图所示，单击"确定"按钮后的效果如图2-5所示。

图2-4

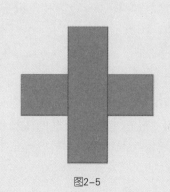

图2-5

（4）框选两个矩形，双击轮廓颜色图标 黑 .200毫米，弹出"轮廓笔"对话框，如图2-6所示。在"宽度"下拉列表中选择无，单击"确定"按钮后的效果如图2-7所示。

图2-6   图2-7

知识装备

- 轮廓工具有轮廓笔、轮廓颜色、无、细线、1/2点、1点、2点、8点、16点、24点和颜色。
- 轮廓笔工具修改对象轮廓线的宽度、样式、颜色、线条端头、书法、后台填充和是否按图像比例显示，它不是一个创造工具，而是一个属性修改工具。
- 无轮廓线的作用与在调色板里面选择无颜色是一样的，细线是一个概念，而不是一个实际的宽度，跟数学中的"无限小"意思相同。预设的宽度有1/2、1、2、8、16、24点。
- 单击轮廓工具中的"颜色"，打开"颜色"调板，可以通过颜色滑棒、查看器和色板来实时调整对象的轮廓颜色，如右图所示。

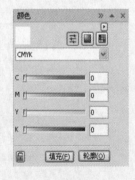

友情提示

弹出"轮廓笔"对话框的快捷键为"F12"键，弹出"轮廓色"对话框的快捷键为"Shift+F12"。

2.绘制外部圆环

（1）选择工具箱中椭圆工具 ◯，按住"Shift+Ctrl"键，再单击红十字中心进行拖拽，创建一个同中心的正圆形，如图2-8所示。

（2）按"F12"键打开"轮廓笔"对话框，设置颜色为红色，宽度为5 mm，最后效果如图2-9所示。

图2-8

图2-9

 知识装备

- 椭圆工具（快捷键"F7"键）有椭圆形、3点椭圆形两种。
- 属性栏从左至右分别为对象位置、对象大小、缩放比例(锁定/不锁定)、旋转角度、水平/垂直镜像、椭圆形、饼形、弧形、起始和结束角度、段落文本换行、轮廓线参数、图层叠序、转换为曲线。

 友情提示

①按住"Ctrl"键拖动鼠标，即可绘制出正圆形或正方形。

②按住"Shift"键拖动鼠标，即可绘制出以鼠标单击点为中心的图形。

③按住"Ctrl+Shift"快捷键后拖动鼠标，则可绘制出以鼠标单击点为中心的正圆形或正方形。

 做一做

绘制下图所示的两个图形。

任务二 太极八卦图
——对象的对齐和造型

任务导读

太极八卦图在生活中随处可见，本任务主要学习在CorelDRAW X4中制作图2-10所示的太极八卦图。本任务将运用工具箱中的椭圆工具、矩形工具进行绘制，然后利用对象的"对齐""修整"命令进行对齐、焊接、修剪和相交操作，方便快捷地完成八卦图的制作。

完成本任务可以学会的技能有：

· 对齐对象

· 对象的焊接、修剪、相交操作

操作步骤

图2-10

1.绘制基本形状并对齐对象

（1）新建一个空白文档，选择工具箱中的椭圆工具 ◯，按住"Ctrl"键，在页面中拖动鼠标绘制一个正圆形，在属性栏中修改宽为100 mm，高为100 mm，如图2-11所示。

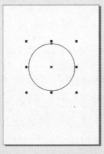

| x: 107.07 mm | 100.0 mm | 69.3 % | | .0 | | | | 90.0 | | | | .2 mm | | | |
| y: 164.37 mm | 100.0 mm | 69.3 % | | | | | | 90.0 | | | | | | | |

图2-11

（2）选择工具箱中的椭圆工具 ◯，按住"Ctrl"键，在页面中拖动鼠标绘制一个小正圆，在属性栏中修改宽为50 mm，高为50 mm，如图2-12所示。

| x: 110.36 mm | 50.0 mm | 34.7 % | | .0 | | | | 90.0 | | | | .2 mm | | | |
| y: 188.68 mm | 50.0 mm | 34.7 % | | | | | | 90.0 | | | | | | | |

图2-12

（3）用工具箱中的挑选工具 ，选择大圆和小圆，单击属性栏上的"对齐"按钮 ，弹出"对齐与分布"对话框，如图2-13所示。设置对齐方式为水平上对齐，垂直居中对齐，其效果如图2-14所示。

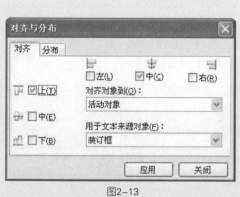

图2-13

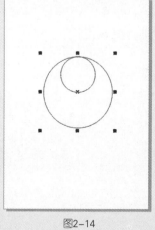

图2-14

知识装备

利用"对齐与分布"对话框对齐对象的方法：
- 使用挑选工具在工作区中选择要对齐的对象。
- 执行"排列"→"对齐和分布"→"对齐和分布"命令，或者单击属性栏中的"对齐和分布"按钮，弹出"对齐与分布"的对话框，然后选择"对齐"选项卡，如图2-13所示。
- 在"对齐"选项卡中，如果想要进行水平方向的对齐操作，可以根据需要选中"左""中""右"复选框中的一个，以确定水平方向的对齐方式。如果想要进行垂直方向的对齐操作，需选中"上""中""下"复选框中的一个，以确定垂直方向的对齐方式。也可以同时选择水平方向和垂直方向的对齐方式。

友情提示

在进行对象对齐操作时，如果用框选法选择对象，那么对齐对象的操作将会以所选对象中位于最底层的对象为基准。如果用多选法选择对象，对齐对象的操作将会以最后选择的对象为基准。

（4）使用工具箱中的挑选工具选中小圆，按小键盘上的“+”键，复制一个小圆，并将复制的小圆向下移动。用挑选工具将大圆和复制的小圆选中，单击属性栏上的“对齐”按钮，在弹出的“对齐与分布”对话框中，设置水平中对齐，垂直下对齐，得到的效果如图2-15所示。

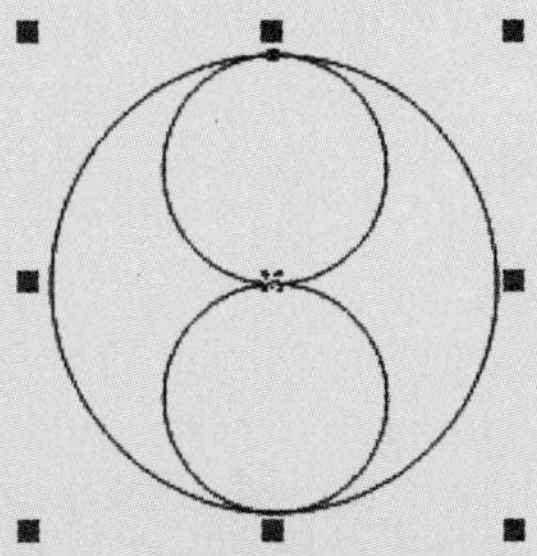
图2-15

（5）选择工具箱中的矩形工具，在页面中绘制一个矩形，在属性栏中修改其宽为50 mm，高为100 mm，如图2-16所示。

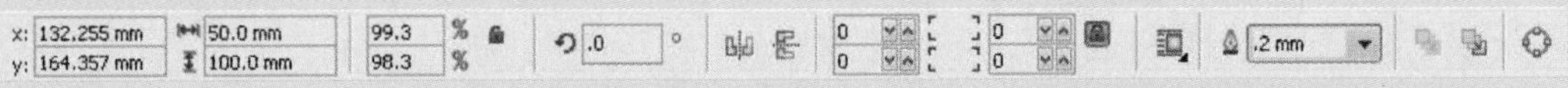
x: 132.255 mm
y: 164.357 mm
50.0 mm
100.0 mm
99.3 %
98.3 %
.0 °
.2 mm
图2-16

（6）用挑选工具选中大圆和矩形，单击属性栏上的“对齐”按钮，在弹出的“对齐与分布”对话框中，设置水平右对齐，垂直上对齐，得到的效果如图2-17所示。

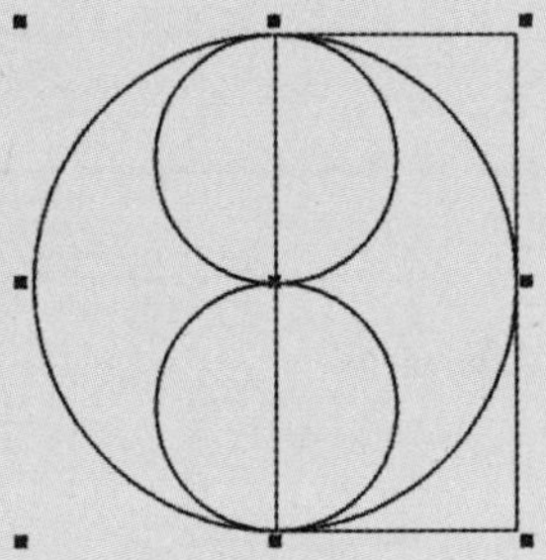
图2-17

知识装备

“焊接”“修剪”“相交”等命令是非常重要的图形对象编辑命令，通过它们可以利用很多个图形对象的重叠和交叉来创建新的图形对象。

- 焊接对象：将两个或多个重叠或分离的对象焊接在一起，使它们成为一个新的对象。焊接对象的操作步骤如下：

①选择“来源对象”为椭圆；

②执行“排列”→“造形”→“造形”命令，打开“造形”泊坞窗；

③在打开的泊坞窗中选择“焊接”，单击“焊接到”按钮，将鼠标指针移到“目标对象”矩形上单击，即可完成焊接操作，如下图所示。

- 修剪对象：将一个对象多余的部分减掉。修剪对象的操作步骤如下：

①选择"来源对象"为椭圆；

②执行"排列"→"造形"→"造形"命令，打开"造形"泊坞窗；

③在打开的泊坞窗中选择"修剪"，单击"修剪"按钮，将鼠标指针移到"目标对象"矩形上单击，即可完成"修剪"操作，如下图所示。

- 相交对象：将页面中相互重叠的多个对象的公共区域创建成新的图形对象。相交对象的操作步骤如下：

①选择"来源对象"为椭圆；

②执行"排列"→"造形"→"造形"命令，打开"造形"泊坞窗；

③在打开的泊坞窗中选择"相交"，单击"相交"按钮，将鼠标指针移到"目标对象"矩形上单击，即可完成"相交"操作，如下图所示。

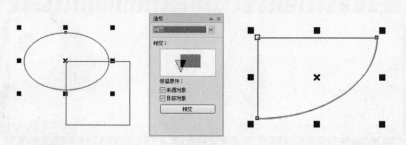

友情提示

　　当选择多个对象时，属性栏上会有相应的造型按钮 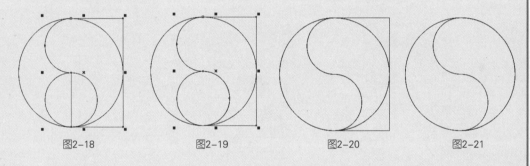，其功能分别为焊接、修剪、相交、简化、移除后面对象、移除前面对象、创建围绕选定对象的新对象。

2.利用对象的修整（造形）命令修整图形

　　（1）用挑选工具选中上面的小圆和矩形，单击属性栏上的"焊接"按钮 ，将小圆和矩形焊接，得到的效果如图2-18所示。用挑选工具将下面的小圆选中，按住"Shift"键单击刚焊接后的图形，在属性栏上单击"修剪"按钮 ，用小圆将焊接后的图形进行修剪，效果如图2-19所示。

　　（2）用挑选工具选中下面的小圆，按"Delete"键，将其删除，得到的效果如图2-20所示；用挑选工具框选大圆和修剪后的形状，在属性栏上单击"相交"按钮 ，相交后的效果如图2-21所示。

图2-18　　　　　　　図2-19　　　　　　　图2-20　　　　　　　图2-21

　　（3）用挑选工具选中大圆，将其填充为黑色，再用挑选工具选中相交后的形状，将其填充为白色，得到的效果如图2-22所示。

　　（4）选择工具箱中的椭圆工具 ，按住"Ctrl"键，在页面中拖动鼠标绘制一个小圆，在属性栏修改宽为15 mm，高为15 mm，并将其放置在如图2-23所示的位置。

　　（5）用挑选工具选中刚绘制的小圆，按小键盘上的"+"键，复制一个小圆，将其移动到如图2-24所示的位置，并分别填充为黑色和白色，完成太极八卦图的绘制。

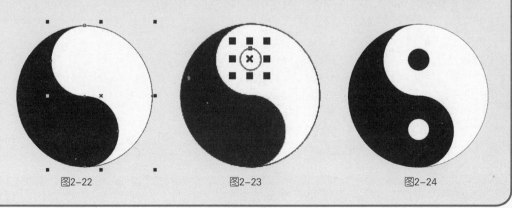

图2-22　　　　　　　图2-23　　　　　　　图2-24

做一做

利用椭圆工具、贝塞尔工具、对象的"对齐"和"修整"命令，绘制如下图形。

任务三 台球桌——矩形工具的使用

任务导读

台球是一项高雅室内体育运动，本任务主要学习在CorelDRAW X4中绘制图2-25所示的台球桌。本任务将运用工具箱中的椭圆工具、矩形工具，还要利用对象的"对齐""修整"命令来完成台球桌的制作。

完成本任务可以学会的技能有：

• 利用CMYK调色板填充颜色

• 利用图形的叠序来对图形排序

图2-25

1.绘制台球桌面

（1）新建一个空白文档，在页面属性栏上修改长为300 mm，高为200 mm，页面属性栏参数如图2-26所示。

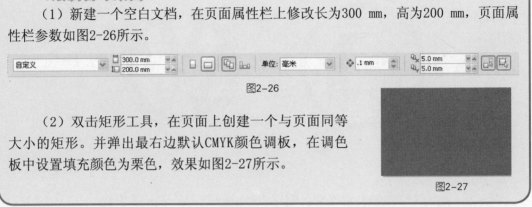

图2-26

（2）双击矩形工具，在页面上创建一个与页面同等大小的矩形。并弹出最右边默认CMYK颜色调板，在调色板中设置填充颜色为栗色，效果如图2-27所示。

图2-27

知识装备

- 单击默认CMYK调色板颜色条下方的左箭头，会弹出更多的预设颜色。
- 按住默认CMYK调色板颜色条上的颜色块上不放，会弹出49种类似颜色。

（3）选择挑选工具，选中矩形并按小键盘"+"键复制一个，在属性栏修改长为295 mm，宽为195 mm，填充颜色为砖红色。用同样方法再复制一个矩形，在属性栏修改长为270 mm，宽为170 mm，填充颜色为栗色。再用同样方法绘制台球桌面，修改其长为265 mm，宽为165 mm，填充颜色为绿色，效果如图2-28所示。

图2-28

2.绘制台球桌球洞

（1）使用矩形工具在页面空白区域创建一个圆角矩形，其参数设置及效果如图2-29所示。

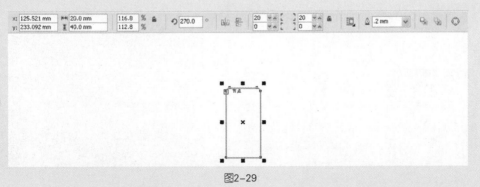

图2-29

（2）使用矩形工具在其下方创建一个宽为20 mm的矩形，长度任意，并和先前的矩形对齐下部边缘，效果如图2-30所示。框选两个矩形，执行"排列"→"造型"→"减去"命令，得到的效果如图2-31所示。

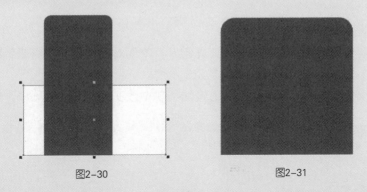

图2-30   图2-31

（3）选中矩形，按小键盘"+"键复制，并修改其大小和颜色，最后效果如图2-32所示。复制并粘贴一个刚才的圆角矩形在其他空白区域，再选择多边形工具绘制一个三角形，框选两个图形，将它们水平中对齐，垂直下对齐，效果如图2-33所示。框选两个矩形执行焊接，填充颜色为黑色，效果如图2-34所示。原地复制图形，修改其大小和颜色，绘制出的图形如图2-35所示。

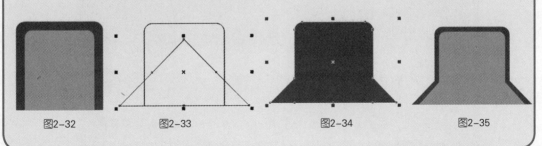

图2-32   图2-33   图2-34   图2-35

3.群组对象并完成台球桌

用挑选工具分别框选刚才绘制的球洞，单击属性栏中的"群组"按钮（快捷键为"Ctrl+G"），可将图形编组，便于一起移动和修改，效果如图2-36所示。移动并复制球洞，摆放到台球桌的合适位置，最后得到的效果如图2-37所示。

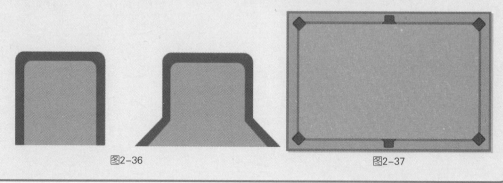

图2-36   图2-37

知识装备

改变对象的叠放顺序：
- "窗口"→"泊坞窗"→"对象管理器"，改变对象所在的页面或者图层。
- "排列"→"顺序"，改变对象的叠放次序。
- 右击要改变顺序的对象，在弹出的快捷菜单中改变对象的叠放顺序。

做一做

利用本任务所学的知识绘制一个下图所示篮球场。

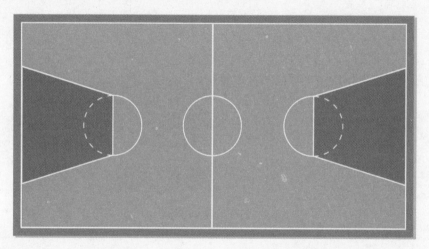

任务四 水中漫游——艺术笔工具的使用

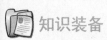

任务导读

想在计算机屏幕上画画吗？可我们一直苦于没有美术功底画不出真实画面，在CorelDRAW中这一切都可以运用艺术笔工具来实现。本任务将运用工具箱中的艺术笔工具、填充工具和剪裁功能来制作图2-38所示的水中漫游。

完成本任务可以学会的技能有：

·使用艺术笔工具

·对图框精确剪裁

图2-38

知识装备

渐变填充包括双色渐变和自定义渐变两种。双色渐变是将一种颜色直接过渡到另一种颜色，或依照色盘按顺时针渐变到另一种颜色。自定义渐变则允许任意多种颜色过渡填充。CorelDRAW X4的渐变填充包含了下图所示的线性渐变、射线渐变、圆锥渐变和方角渐变4种类型，这4种类型可应用到各种渐变填充中，形成各种特殊的渐变效果。

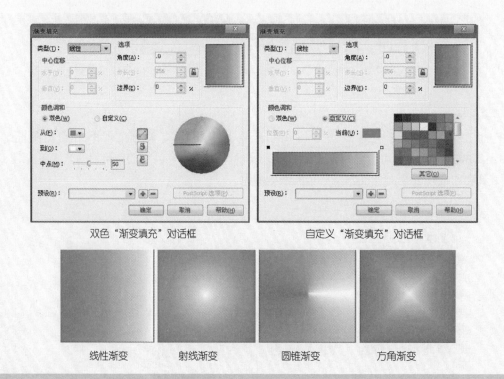

双色"渐变填充"对话框   自定义"渐变填充"对话框

线性渐变   射线渐变   圆锥渐变   方角渐变

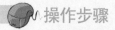操作步骤

1.绘制海底

（1）新建一个空白文档，双击矩形工具，在页面上创建一个与页面同等大小的矩形。单击工具箱的填充工具 ◇，，在弹出的选项中选择渐变填充工具图标，弹出"渐变填充"对话框，如图2-39所示。设置如图所示的参数，单击"确定"按钮即可。

（2）在工具箱的手绘工具 的弹出选项中选择艺术笔工具 ，在属性栏中选择喷罐 ，喷罐图形为石头，其他属性设置如图2-40所示。然后在页面空白区域画出一块小石头，效果如图2-41所示。

图2-39

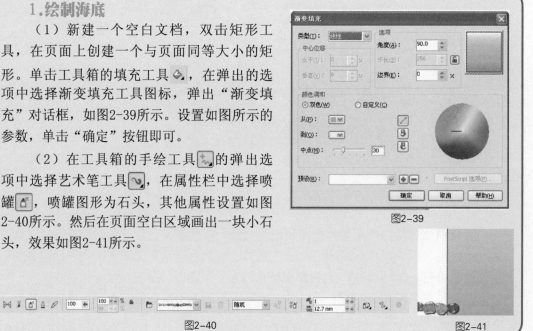

图2-40   图2-41

 知识装备

- 选择艺术笔工具（快捷键"I"）后，属性栏有预设 、笔刷 、喷罐 、书法 、压力 5种类型。选择其中一种类型后，属性随之变化，可对其进行细节调整。
- 使用笔刷、喷罐两种艺术笔创建的图形可以打散，提取其中部分图形可用于其他用途。选择图形后，执行"排列"→"打散艺术笔群组"命令将其打散，再执行"排列"→"取消群组"命令即可。

（3）选择挑选工具，选中小石头，执行"效果"→"图框精确剪裁"→"放置在容器中"命令，随后弹出黑色箭头，选蓝色海底矩形，小石头就会放置在海底中间了，效果如图2-42所示。执行"效果"→"图框精确剪裁"→"编辑内容"，进入蓝色矩形内部编辑状态，这时可再添加大小不同、长短不一的各种小石头，完成之后，执行"效果"→"图框精确剪裁"→"结束编辑"命令即可，最后效果如图2-43所示。

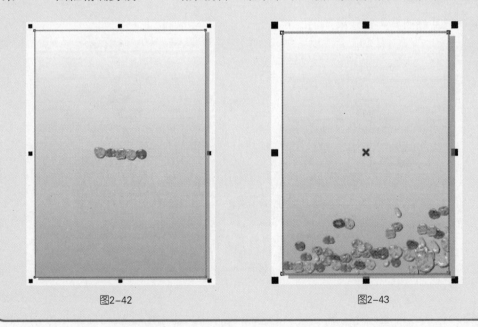

图2-42　　　　　　　　　　　　　图2-43

知识装备

　　可以将一个对象放置在封闭的路径或者图形中，位于路径或者图形内部区域的部分将显示，外部的部分将被隐藏。在"效果"下拉菜单的"图框精确剪裁"的子菜单中有"放置在容器中""提取内容""编辑内容""结束编辑"4个命令。

友情提示

　　按住鼠标右键拖拽对象到其他对象上松开，在弹出的快捷菜单中也能执行图框精确剪裁操作。

2.丰富海底世界

　　（1）进入海底内部编辑状态，在属性栏上选择喷罐工具，选择水草形状，在图中适当的地方画上大小不同、颜色不一的水草，并改变水草和石头的前后关系（石头和水草相互遮挡），其效果如图2-44所示。

图2-44

　　（2）在属性栏上选择喷罐工具，选择金鱼形状，在水中区域画出大小不一的金鱼，效果如图2-45所示。选中右下方的金鱼，执行"排列"→"打散艺术笔群组"（快捷键为"Ctrl+K"），再单击属性栏中的解散群组按钮，将金鱼和水泡分离，删除多余的线条，复制水泡到其他地方，效果如图2-46所示。

图2-45

图2-46

（3）选择工具栏中的文字工具 字 ，在上方插入"水中漫游"文字，修改字体为"方正胖鱼头简体"，颜色为海军蓝到海绿的渐变色。在其下方输入"FISH FREE WORLD"，修改其字体和颜色，完成后退出内部编辑，最后效果如图2-47所示。

图2-47

 做一做

使用艺术笔中的预设和书法画笔，绘制下图所示的竹韵。

任务五　植物家族——贝塞尔工具的使用

任务导读

在生活中，有很多漂亮的植物，如花、蘑菇、苹果、树、茄子等，给我们的生活带来美的享受。本任务主要学习绘制图2-48所示的马蹄莲，从而掌握贝塞尔工具、形状工具、渐变填充、交互式填充工具和交互式网状填充工具绘制图形的方法和技巧。

完成本任务可以学会的技能有：

· 利用贝塞尔工具、形状工具绘制曲线并调整形状

· 利用渐变填充、交互式填充工具、交互式网状填充工具填充对象

图2-48

操作步骤

1.绘制背景

新建一个空白文件，双击工具箱中的矩形工具▢，绘制一个同页面一样大小的矩形，如图2-49所示。选择工具箱中的交互式填充工具◈，在属性栏中设置绿色（CMYK：96，44，98，13）到白色的线性渐变，按住"Ctrl"键，在矩形中向下拖曳鼠标，为矩形填充渐变色，如图2-50所示。填充后的背景效果如图2-51所示。

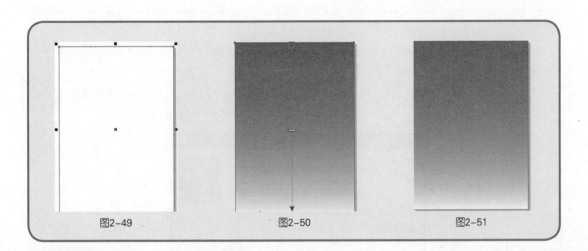

图2-49   图2-50   图2-51

 知识装备

交互式填充工具组：

· 交互式填充工具 （快捷键"G"）既可以给对象填充颜色或图案，也可编辑对象的填充属性，其属性栏如下图所示。

设置填充属性后，可在属性栏中"起始填充色"和"终止填充色"下拉列表中修改填充色，也可将调色板上的颜色拖到控制线上，添加颜色。拖动填充控制线、尺寸控制点及中心控制点的位置，可调整填充效果。

· 网状填充工具 （快捷键"M"）功能强大，它不仅可以创造出灵活多变的渐变填充效果，还可以改变填充对象的形状，其属性栏和填充效果如下图所示。

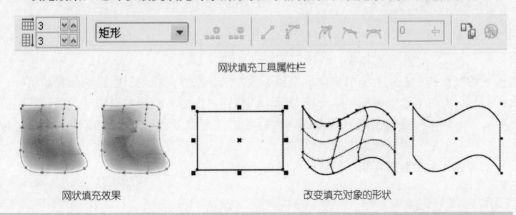

网状填充工具属性栏

网状填充效果   改变填充对象的形状

2.绘制叶子

（1）选择工具箱中的贝塞尔工具 绘制一片叶子路径，使用形状工具 调整其形状，形状如图2-52所示。选择填充工具中的渐变填充工具 ，弹出"渐变填充"对话框，设置深绿（CMYK：72，42，97，9）到浅绿（CMYK：44，13，60，0）的渐变，参数设置如图2-53所示。单击"确定"按钮，得到的填充效果如图2-54所示。

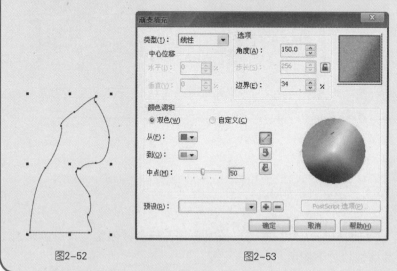

图2-52　　　　　　　　　　图2-53　　　　　　　　　　图2-54

 知识装备

1.贝塞尔工具

- 绘制直线：在起点处单击，松开鼠标，移至终点单击，按"回车"键完成直线的绘制。
- 绘制折线：在直线的基础上继续在下一个节点单击，则可绘制出折线，按"回车"键结束。
- 绘制曲线：在起点处单击鼠标左键不放，向任意方向拖动一段距离后释放鼠标。移动鼠标至下一个节点，同样在单击后不松开左键拖动，即可在两节点间出现一条曲线，同样的方法可继续往下一个节点绘制曲线，按"回车"键结束操作。

贝塞尔工具绘制的直线、折线和曲线如下图所示。

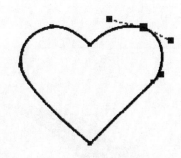

贝塞尔工具绘制的直线、折线和曲线

除了按回车键可结束绘制外，单击另一工具或按空格键也可以结束绘制。按住"Ctrl"键可绘制水平方向、45°方向或垂直方向上的直线。

2. 形状工具

利用形状工具可以对曲线进行编辑。曲线主要由节点构成，所以利用形状工具编辑曲线实际上是对节点进行编辑。可利用下图所示的属性栏中的属性对曲线的节点进行编辑。

形状工具属性栏

节点是构成曲线的基本要素，对曲线的编辑可以通过编辑节点、节点上的控制点、控制线来对曲线或图形进行形状的调整。在CorelDRAW X4中提供了尖突节点、平滑节点和对称节点3种节点类型，如下图所示。

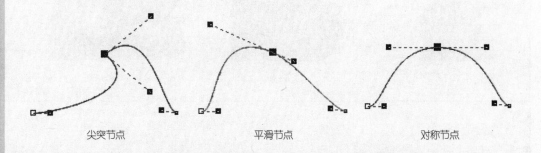

尖突节点　　　　　平滑节点　　　　　对称节点

（2）用贝塞尔工具绘制叶子的背面路径，填充为绿色（CMYK：85，54，93，28），得到的效果如图2-55所示。将背面路径放置到合适的位置后得到的效果如图2-56所示。用钢笔工具绘制叶脉，填充浅绿（CMYK：48，24，44，0）到淡绿（CMYK：9，1，15，0）的线性渐变，然后放置到合适的位置，得到的效果如图2-57所示。

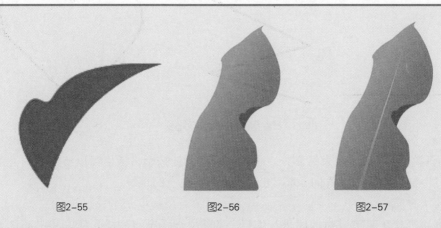

图2-55   图2-56   图2-57

（3）再用贝塞尔工具勾画叶子的另一面，填充为深绿（CMYK：87，46，89，11）到淡绿（CMYK：51，11，62，0）的渐变色，填充后的效果如图2-58所示。用同样的方法绘制另外两片叶子，填充后的效果如图2-59所示。用挑选工具将叶子调整位置后的效果如图2-60所示。

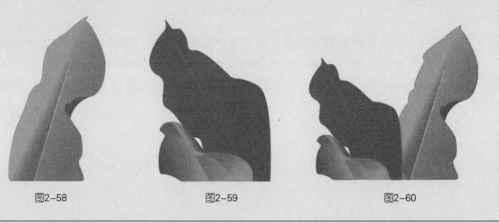

图2-58   图2-59   图2-60

3.绘制花

（1）用贝塞尔工具绘制花柄路径，其形状如图2-61所示。用渐变填充工具填充为4种绿色的自定义渐变，其CMYK值依次为48，18，53，0；26，2，36，0；55，0，84，0；86，24，100，0。"渐变填充"对话框的参数设置如图2-62所示。单击"确定"按钮后，其填充效果如图2-63所示。

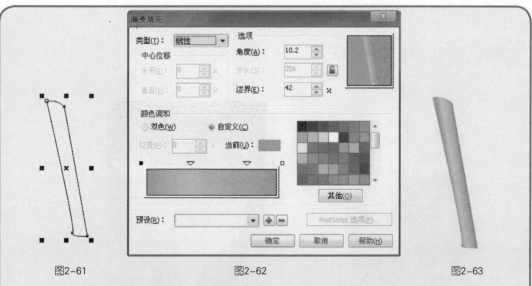

图2-61　　　　　　　　　　　图2-62　　　　　　　　　　　图2-63

（2）再用贝塞尔工具勾画花的部分轮廓形状，其效果如图2-64所示。用渐变填充工具为其填充橙红（CMYK：5，55，84，0）到黄色（CMYK：0，0，100，0）的双色渐变，其效果如图2-65所示。用同样的方法绘制花的其他部分，填充后其效果如图2-66所示。

图2-64　　　　　　　　　　　图2-65　　　　　　　　　　　图2-66

（3）将绘制好的花柄和花拼合，如图2-67所示，然后把它们放置到叶子中，其效果如图2-68所示。按照同样的方法绘制另外两朵花，其效果如图2-69所示。将绘制好的花和叶子放置到背景中，得到的最终效果如图2-70所示，植物家族之一的马蹄莲绘制完成。

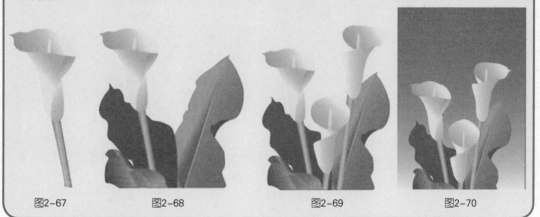

图2-67　　　　　　图2-68　　　　　　　图2-69　　　　　　图2-70

做一做

绘制下图所示的苹果和马蹄莲。

任务六 客厅平面布置图
——对象的群组和辅助工具的使用

任务概述

利用CorelDRAW X4绘制平面布置图简单快捷，便于修改。本任务主要学习利用矩形工具及各种填充工具来绘制一幅彩色的客厅平面布置图，如图2-71所示。

完成本任务可以学会的技能有：

• 设置辅助线

• 利用图样填充工具给对象填图案

• 创建对象的群组与取消群组

• 使用度量工具、交互式阴影工具

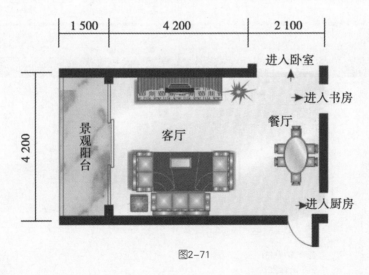

图2-71

操作步骤

1.绘制墙基线和门

（1）执行"工具"→"选项"命令，打开"选项"对话框，选择如图2-72所示的"辅助线"选项。在该对话框中选中"水平"选项，设置水平辅助线，如图2-73所示。

49

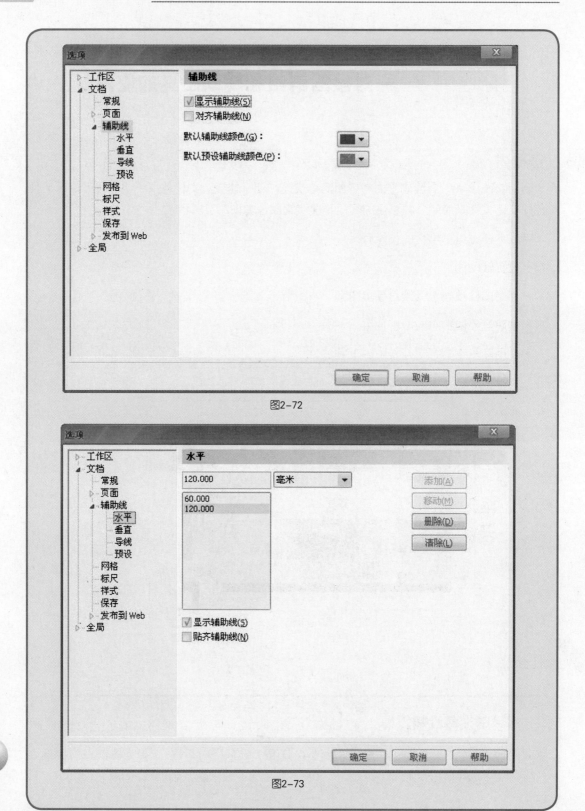

图2-72

图2-73

（2）选中"垂直"选项，然后设置垂直辅助线，如图2-74所示，单击"确定"按钮，在页面中将出现如图2-75所示的辅助线。

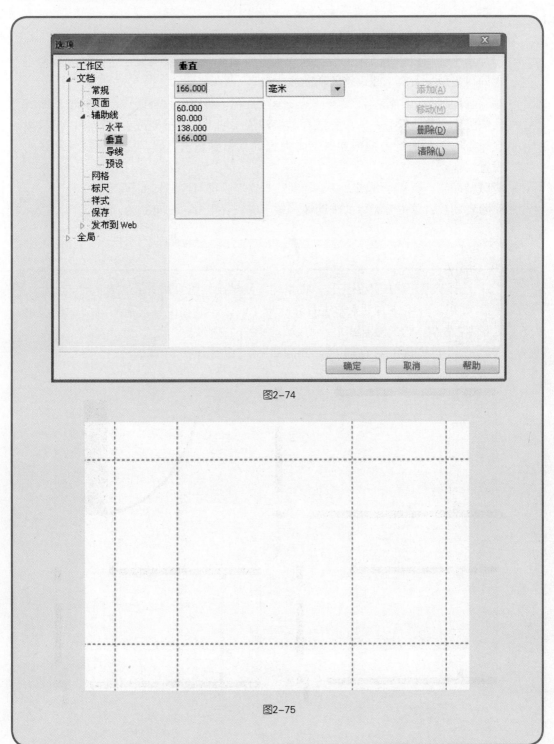

图2-74

图2-75

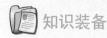知识装备

辅助线是添加到绘图窗口中帮助对齐对象的虚线。

- 添加水平辅助线和垂直辅助线：拖动水平或垂直标尺到绘图页面中，释放鼠标左键即可出现一条水平或垂直的辅助线。
- 倾斜辅助线：单击辅助线，该辅助线变成红色。再单击该辅助线，此时该辅助线两端显示出箭头符号。将鼠标放在辅助线的一端上，光标变成旋转符号，然后按住鼠标，沿顺时针方向或逆时针方向拖动鼠标到适当位置，完成倾斜辅助线的设置。
- 隐藏辅助线：执行"视图"→"辅助线"命令，即可隐藏辅助线。
- 删除辅助线：单击要删除的辅助线，按"Delete"键，即可删除。

（3）选择工具箱中的矩形工具，根据辅助线绘制如图2-76所示的墙基线。

（4）使用工具箱中的贝塞尔工具和矩形工具，绘制如图2-77所示的门。使用挑选工具将门放置到入口的墙基线中，其效果如图2-78所示。

（5）使用工具箱中的矩形工具，绘制如图2-79所示的客厅玻璃滑门。

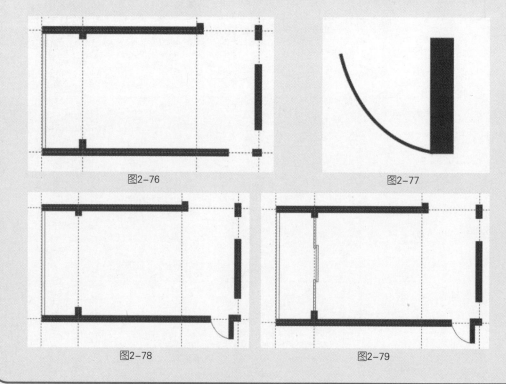

图2-76　　　　图2-77

图2-78　　　　图2-79

2.铺地面图案

（1）使用工具箱中的矩形工具绘制客厅一样大的矩形，作为客厅的地面，如图2-80所示。

（2）选中地面，选择工具箱中的渐变填充工具，弹出如图2-81所示的对话框。类型为"线性"，颜色调和为"自定义"，CMYK的值分别为淡黄（0，0，40，0），白（0，0，0，0），淡黄（0，0，20，0），白（0，0，0，0），淡黄（0，0，40，0），白（0，0，0，0），单击"确定"按钮后，客厅的地面效果如图2-82所示。

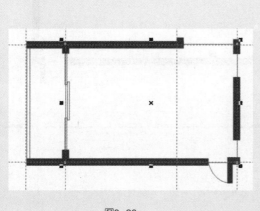

图2-80

图2-81

（3）选择工具箱中的矩形工具，绘制如图2-83所示的矩形作为阳台的地面。

（4）选择工具箱中的图案填充工具，打开"图样填充"对话框，设置如图2-84所示的参数，单击"确定"按钮，得到阳台地面填充效果如图2-85所示。

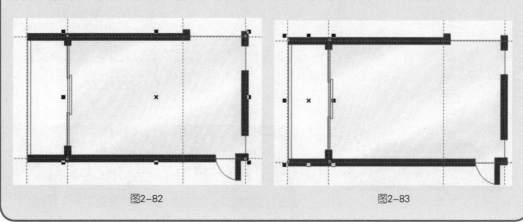

图2-82　　　　　　　　　　　　　　　　图2-83

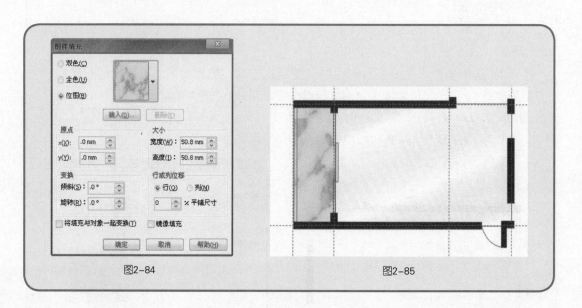

图2-84　　　　　　　　　　　　　　　　图2-85

 友情提示

CorelDRAW X4提供了"双色填充""全色填充""位图填充"3种图样填充方式。

3.布置家具

（1）使用矩形工具和贝塞尔工具，绘制客厅中的电视并对其进行填充，效果如图2-86所示。

（2）使用矩形工具绘制客厅中的电视柜，填充图案并添加阴影，其效果如图2-87所示。

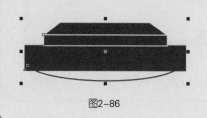

图2-86

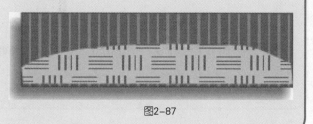

图2-87

知识装备

阴影工具 ：可以快速地为对象添加阴影效果。在为对象添加阴影效果时，可以更改透视并调整属性，如颜色、不透明度、淡出级别、角度和羽化等，其属性栏如下图所示。

添加阴影后，可通过属性栏上的"阴影偏移"进行精确的设置。可在属性栏的"预设列表"中选择预设的阴影样式。

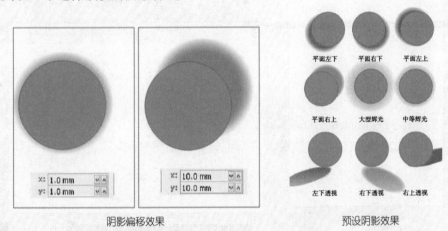

阴影偏移效果   预设阴影效果

（3）用挑选工具将电视放置到电视柜上，其效果如图2-88所示。然后将电视柜和电视放置到客厅中，得到的效果如图2-89所示。

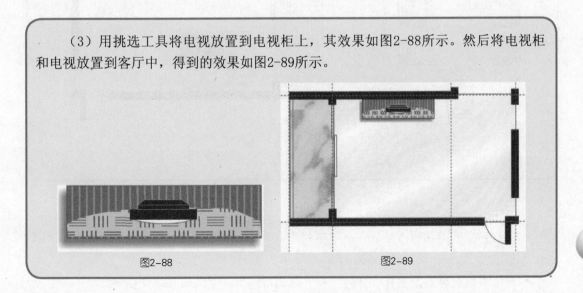

图2-88   图2-89

（4）使用工具箱中的钢笔工具，绘制电视柜旁边的植物图形，并进行填充，效果如图2-90所示。

（5）使用工具箱中的矩形工具，绘制客厅中的沙发和茶几，并进行填充，效果如图2-91所示。

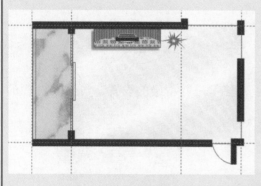

图2-90

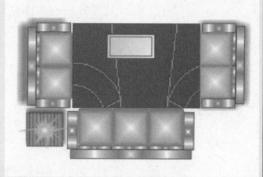

图2-91

（6）使用工具箱中的矩形工具和椭圆工具，绘制餐桌和餐椅，并对其进行渐变填充，群组后其效果如图2-92所示。

（7）将绘制好的植物、沙发、茶几、餐桌和餐椅放到客厅中，其效果如图2-93所示。

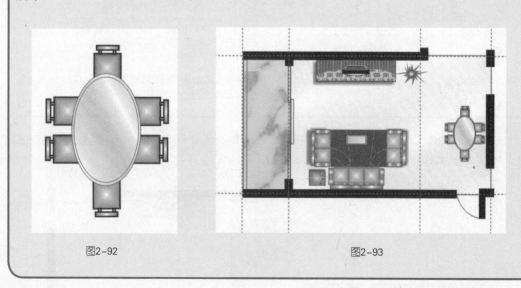

图2-92

图2-93

友情提示

- 群组对象的方法有"排列"→"群组"；"Ctrl+G"快捷键；属性栏上的"群组"按钮。
- 取消群组对象的方法有"排列"→"取消群组"；"Ctrl+U"快捷键。

4. 说明及标注

（1）用文本工具输入美术字文本，对客厅进行功能区域的说明，其效果如图2-94所示。

（2）使用工具箱中的度量工具标注平面图形尺寸，其效果如图2-95所示。

（3）执行"视图"→"辅助线"命令，隐藏辅助线，最终效果如图2-96所示。

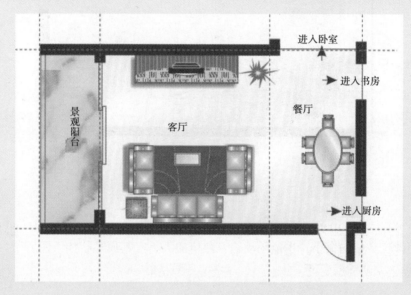

图2-94

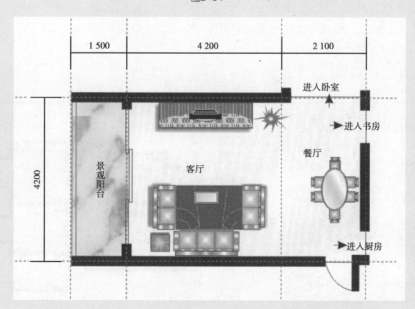

图2-95

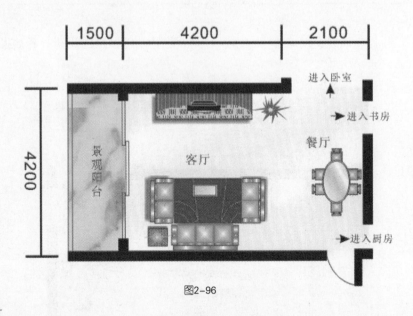

图2-96

知识装备

度量工具 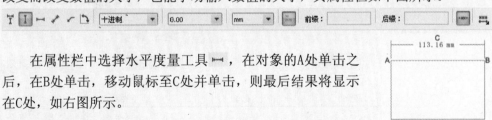 用来度量对象的长宽、间距和角度，并显示出来。它能随图形的改变而改变数值的大小，也能手动输入数值的大小，其属性栏如下图所示。

在属性栏中选择水平度量工具 ⊢→，在对象的A处单击之后，在B处单击，移动鼠标至C处并单击，则最后结果将显示在C处，如右图所示。

5. 平面布置图的延展

按照上述方法可延展完成整个平面布置图，最终效果如图2-97所示。

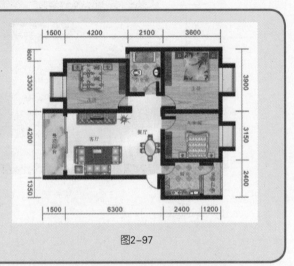

图2-97

做一做

利用本任务所学的方法，绘制上述平面布置图的其他房间布置效果。

任务七 梦想家园——对象的修整

任务导读

蓝天，白云，一望无际的田野，在那里有我们梦想的家园。本任务利用CorelDRAW X4中的矩形工具、椭圆工具、填充工具、渐变填充工具、交互式调和工具、贝塞尔工具等来绘制一幅图2-98所示的梦想家园图。

完成本任务可以学会的技能有：

- 复制、剪切、粘贴对象

- 利用交互式调和工具给对象作调和效果

- 用多种方法填充颜色

图2-98

操作步骤

1. 绘制背景和白云

（1）新建一个空白文件，选择纸张方向为横向，其属性栏如图2-99所示。

A4	297.0 mm			单位:毫米	.1 mm	5.0 mm	
	210.0 mm					5.0 mm	

图2-99

（2）双击工具箱中的矩形工具，绘制一个页面一样大小的矩形。选择工具箱中的渐变填充工具，弹出"渐变填充"对话框，设置成由蓝色（CMYK：40，0，0，0）到白色的线性渐变，如图2-100所示。单击"确定"按钮后，其效果如图2-101所示。

（3）选择工具箱中的椭圆工具，绘制一个椭圆，其形状如图2-102（a）所示。将刚绘制的椭圆进行复制，移动后效果如图2-102（b）所示。用同样的方法再复制5个椭圆，分别放置的效果如图2-102（c）所示。用挑选工具框选所有的椭圆，单击属性栏中的"焊接"按钮 ，将所有椭圆焊接后得到的白云图形如图2-102（d）所示。

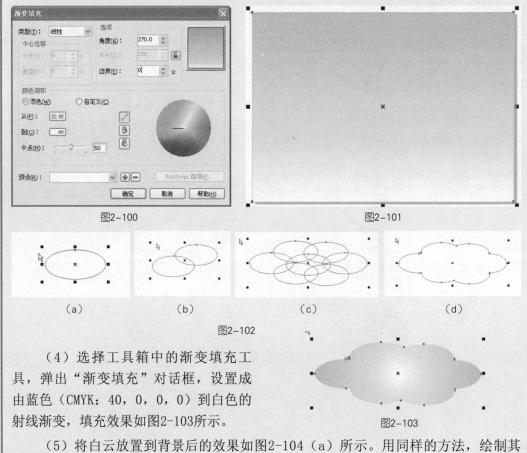

图2-100　　　　　　　　　　　　　　　　　图2-101

（a）　　　　　　（b）　　　　　　（c）　　　　　　（d）

图2-102

（4）选择工具箱中的渐变填充工具，弹出"渐变填充"对话框，设置成由蓝色（CMYK：40，0，0，0）到白色的射线渐变，填充效果如图2-103所示。

图2-103

（5）将白云放置到背景后的效果如图2-104（a）所示。用同样的方法，绘制其他白云效果，得到的图形如图2-104（b）所示。

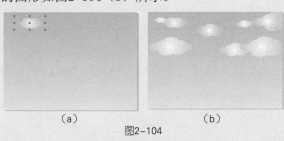

（a）　　　　　　　　　　（b）

图2-104

2.绘制田园风光

（1）选择工具箱中的贝赛尔工具，绘制田园路径，其图形效果如图2-105所示。

图2-105

（2）单击工具箱中的渐变填充工具，弹出"渐变填充"对话框，设置成由深绿（CMYK：100，0，100，0）到浅绿（CMYK：20，0，60，0）的线性渐变，填充田园后的效果如图2-106所示。

图2-106

（3）继续用贝赛尔工具绘制其他田园路径，绘制填充后的效果如图2-107（a）所示。将绘制的田园路径放置到背景中得到的效果如图2-107(b)所示。

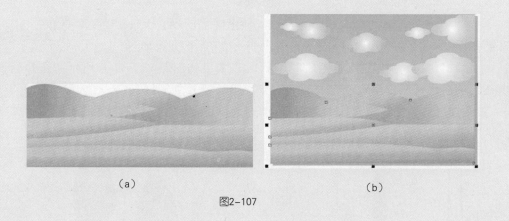

（a）

（b）

图2-107

3.绘制路和树

（1）选择贝赛尔工具绘制路的形状，得到的效果如图2-108（a）所示。选择渐变填充工具，设置成由宝石红色（CMYK：0，60，60，40）到深黄色（CMYK：0，20，100，0）的线性渐变，填充路后的效果如图2-108（b）所示。将绘制好的路放置到田园中后得到的效果如图2-109（a）所示。用同样的方法绘制其他路，填充后的效果如图2-109（b）所示。

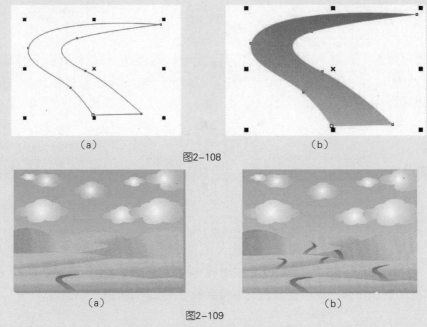

（a）　　　　　　　　　　　　　　（b）

图2-108

（a）　　　　　　　　　　　　　　（b）

图2-109

（2）选择贝赛尔工具绘制树干，其形状如图2-110（a）所示。选择渐变填充工具，设置成由灰绿到金色到绿色的自定义线性渐变，填充后的效果如图2-110（b）所示。

（3）再用贝赛尔工具绘制树叶形状，其效果如图2-111（a）所示。选择渐变填充工具，设置成由深绿（CMYK：86，30，90，2）到酒绿（CMYK：40，0，100，0）的线性双色渐变，填充后的效果如图2-111（b）所示。把树叶放置好的效果如图2-111（c）所示。

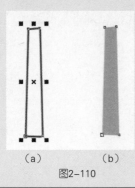

（a）　　　　（b）

图2-110

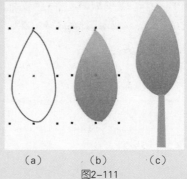

（a）　　　　（b）　　　　（c）

图2-111

（4）将绘制好的树放置到田园中的效果如图2-112（a）所示。将绘制的树复制多棵后，根据距离的远近适当放大或缩小，并放置到合适的位置，得到的效果如图2-112（b）所示。

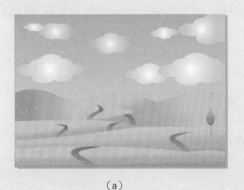 

（a）　　　　　　　　　　　　　　　（b）

图2-112

 友情提示

- 剪切对象的方法：选"编辑"→"剪切"命令；右击后在弹出的快捷菜单中选择"剪切"命令；单击标准工具栏上的 ✂ 按钮；按快捷键"Ctrl+X"。
- 复制对象的方法：选"编辑"→"复制"命令；右击后在弹出的快捷菜单中选择"复制"命令；单击标准工具栏上的 按钮；按快捷键"Ctrl+C"。
- 粘贴对象的方法：选"编辑"→"粘贴"命令；右击后在弹出的快捷菜单中选择"粘贴"命令；单击标准工具栏上的 按钮；按快捷键"Ctrl+V"。

4.绘制栅栏和房子

（1）使用矩形工具绘制一个小矩形，按"Ctrl+Q"快捷键将其转换成曲线，再用形状工具调整为如图2-113所示的效果。选中栅栏形状，按小键盘上的"+"键，复制一个栅栏形状，并移动到合适位置，再用调和工具 添加调和效果，其形状如图2-114所示。

图2-113

图2-114

知识装备

调和工具用来创建几种不同的调和效果，如直线调和、沿路径调和、复合调和。在调和过程中，对象的外形、排列次序、填充方式、节点位置和数目都会直接影响到调和效果，其属性栏如下图所示。

- 设置步数：调整两个对象之间调和对象的图形数量，步数越少间距越大，反之越小。
- 设置方向：调整两个对象之间调和对象的图形角度，可使渐变图形旋转。
- 设置颜色：调整两个对象之间调和对象的图形颜色，可使渐变图形产生颜色渐变。

不同的调和效果如下图所示：

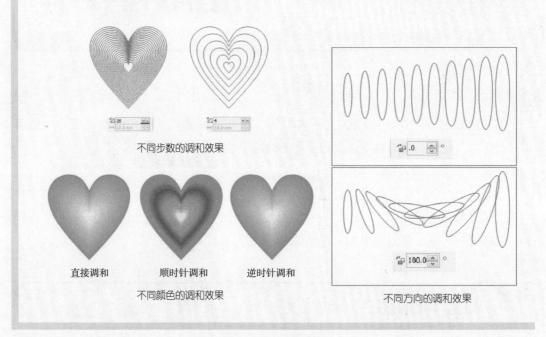

不同步数的调和效果

直接调和　　顺时针调和　　逆时针调和

不同颜色的调和效果

不同方向的调和效果

（2）用矩形工具绘制两个细长的矩形，得到的效果如图2-115所示。

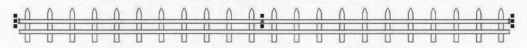

图2-115

（3）用挑选工具选中绘制的全部栅栏形状，将其移动到田园上，填充为白色，并取消其轮廓线的颜色，其效果如图2-116所示。

（4）选择工具箱中的钢笔工具绘制房顶轮廓，其效果如图2-117（a）所示。继续用钢笔工具绘制房子的其他轮廓，其效果如图2-117（b）所示。

图2-116

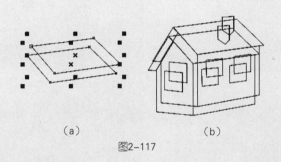

（a）　　　　　　　　　　　（b）

图2-117

（5）用工具箱中的填充工具对房子进行填充，其填充颜色如图2-118（a）所示。取消轮廓线的颜色，其效果如图2-118（b）所示。

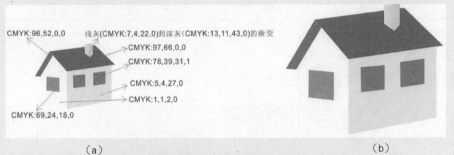

CMYK:96,52,0,0　　浅灰(CMYK:7,4,22,0)到深灰(CMYK:13,11,43,0)的渐变

CMYK:97,66,0,0

CMYK:78,39,31,1

CMYK:5,4,27,0

CMYK:1,1,2,0

CMYK:69,24,18,0

（a）　　　　　　　　　　　（b）

图2-118

（6）用同样的方法绘制另一所房子，其效果如图2-119所示。

图2-119

（7）用工具箱中的填充工具对房子进行填充，填充颜色如图2-120（a）所示，其效果如图2-120（b）所示。

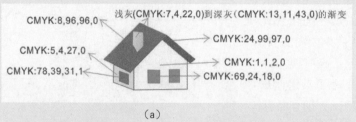

（a）　　　　　　　　　　　　　　　　　　（b）

图2-120

（8）将绘制好的房子放置到田园中，得到的效果如图2-121（a）所示。将房子复制并镜像后放置到合适的位置，得到的效果如图2-121（b）所示，完成梦想家园的绘制。

（a）　　　　　　　　　　　　　　　（b）

图2-121

做一做

绘制下图所示的风景图画。

任务八 金属按钮
——交互式透明工具的使用

任务导读

浏览网页时，我们可以看到各种各样的图标和按钮，其中有一种立体感很强的金属质感按钮让人过目不忘。本任务将在CorelDRAW X4中制作如图2-122所示的金属质感按钮，主要熟练运用椭圆形工具、填充工具、调和工具、透明工具及文字工具的用法。

完成本任务可以学会的技能有：

· 使用交互式调和工具

· 使用交互式透明工具

图2-122

操作步骤

1.绘制金属外环

（1）选择工具箱中的椭圆形工具，在页面上画出一个大小适中的正圆形，并填充80%黑色，效果如图2-123所示。

（2）按小键盘"+"键，原地复制椭圆，选择"排列"→"变换"→"比例"命令，弹出"变换"面板，设置缩放比例为95%，单击"应用"按钮即可，如图2-124所示。

图2-123

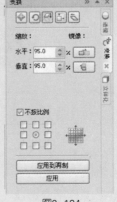
图2-124

（3）选中中间矩形，使用工具箱中渐变填充工具，设置如图2-125所示的参数，最后效果如图2-126所示。

（4）选择中间圆形，按小键盘"＋"键原地复制一个，继续缩小比例为85%左右，为其填充左上角到右下角得黑白线性双色渐变，效果如图2-127所示。

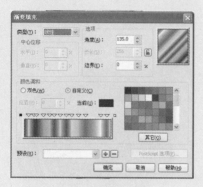

图2-125 　　　　　　　　　　图2-126 　　　　　　　　图2-127

2.绘制内部球体

（1）继续复制圆形并缩小95%，填充颜色为黑色，再选中黑色圆形并复制，缩小比例为70%左右，填充颜色为蓝色，效果如图2-128（a）所示。

（2）选择工具箱中交互式调和工具，单击黑色圆形拖拽到中间蓝色圆形上，会产生黑色到蓝色的渐变，效果如图2-128（b）所示。

（3）选择工具箱中多边形工具和文字工具，在蓝色圆形上绘制向下箭头和文字，箭头填充颜色为橘红色，边线为白色，效果如图2-128（c）所示。

（a）　　　　　　　　　（b）　　　　　　　　　（c）

图2-128

3.绘制高光和反光

（1）选中间蓝色圆形，原地复制一个，填充颜色为白色，单击属性栏上的 按钮将其转换为曲线。单击工具箱中形状工具 将其修改为如图2-129（a）所示的形状。

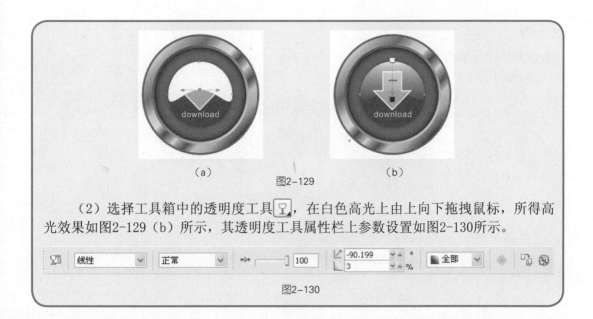

（a）　　　　　　　　　　　　　　（b）

图2-129

（2）选择工具箱中的透明度工具 🔲，在白色高光上由上向下拖拽鼠标，所得高光效果如图2-129（b）所示，其透明度工具属性栏上参数设置如图2-130所示。

图2-130

 知识装备

透明度工具：
- 透明度工具属性栏从左至右依次为透明度类型、透明度操作、透明度中心点位置、渐变透明角度和边界、透明度目标、冻结、复制透明度属性、清除透明度。
- 点选透明度工具使用鼠标拖拽对象，默认为线形透明度类型，也可以拖动对象上滑块进行透明度调整。

（3）使用工具箱中的椭圆形工具在高光处绘制几个圆形高光，效果如图2-131（a）所示。再使用贝塞尔工具 🔲 在右下方绘制反光并添加透明度，最后效果如图2-131（b）所示。

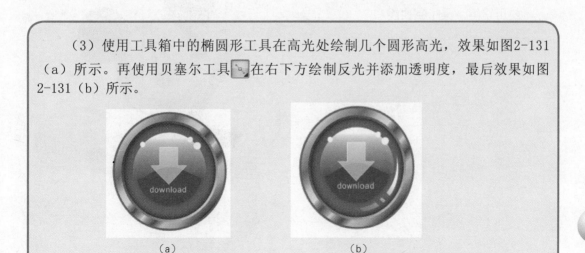

（a）　　　　　　　　　　　　　　（b）

图2-131

做一做

绘制下图所示的七彩光盘。

任务九 卡通人物——钢笔工具的使用

任务导读

大家一定看过《米老鼠与唐老鸭》的动画片吧，在CorelDRAW X4中也能绘制卡通图。本任务将绘制如图2-132所示的奔跑中的米老鼠，从而学习钢笔工具、形状工具、椭圆工具、填充工具等工具的使用。

完成本任务可以学会的技能有：

· 使用钢笔工具绘制曲线

· 使用形状工具调整曲线

图2-132

操作步骤

1.绘制米老鼠的头部

（1）启动CorelDRAW X4，新建一个空白文件。选择工具箱中的钢笔工具 ，在绘图页面中绘制出米老鼠的头部路径，效果如图2-133（a）所示。将绘制的路径填充为黑色，效果如图2-133（b）所示。

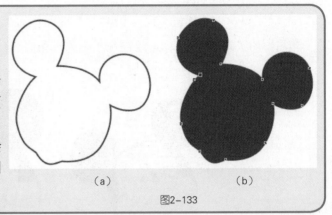

（a）　　　　　　　　（b）

图2-133

知识装备

钢笔工具

绘制直线和曲线，同时还可以在绘制好的曲线或直线上添加或删除节点，其用法与贝塞尔工具相似。钢笔工具勾画路径后，可用形状工具调整轮廓的形状。

（2）使用钢笔工具绘制脸部路径，选择工具箱中的均匀填充工具，打开"均匀填充"对话框，设置如图2-134所示的颜色参数，其填充效果如图2-135所示。

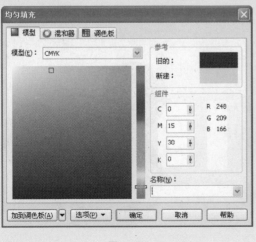

图2-134

图2-135

（3）选择工具箱中的椭圆工具 ⬭ ，绘制两个椭圆作为米老鼠的眼睛，填充后效果如图2-136（a）所示。

（4）再次使用椭圆工具，绘制一个椭圆作为米老鼠的鼻子，填充为黑色。再用工具箱中的贝塞尔工具 ，绘制鼻子上的一条曲线，其效果如图2-136（b）所示。

(a)   (b)

图2-136

(a)   (b)

图2-137

（5）使用钢笔工具 ，绘制米老鼠的嘴巴路径，效果如图2-137（a）所示。利用工具箱中的均匀填充工具，CMYK颜色值为11，93，89，0，填充后的效果如图2-137（b）所示。

（6）按照同样方法绘制舌头路径，使用工具箱中的均匀填充工具，CMYK值为0，60，100，0，得到的米老鼠头部效果如图2-138所示。

图2-138

2.绘制米老鼠的身体

（1）使用钢笔工具 ，绘制米老鼠的上身和手臂路径，效果如图2-139（a）所示。利用调色板将该路径填充为黑色后，其效果如图2-139（b）所示。用同样的方法绘制米老鼠的两只手路径，效果如图2-139（c）所示。

（a）　　　　　　　　　（b）　　　　　　　　　（c）

图2-139

（2）使用钢笔工具绘制米老鼠的下身、裤子和纽扣，分别填充为黑色、红色和白色，效果如图2-140（a）所示。

（3）绘制米老鼠的脚和鞋子路径，效果如图2-140（b）所示。使用工具箱中的均匀填充工具，CMYK值为6，42，93，0，填充的效果如图2-140（c）所示。

（a）　　　　　　　　　（b）　　　　　　　　　（c）

图2-140

（4）用同样的方法绘制米老鼠后脚的路径。选中米老鼠的鞋子，使用工具箱中的均匀填充工具，CMYK值为2，24，94，0，对米老鼠的鞋子进行填充后的效果如图2-141所示。

（5）最终效果如图2-132所示。

图2-141

做一做

绘制下图所示的卡通老虎。

任务十 插画——螺纹工具的使用

任务导读

插画就是人们常看到的报纸、杂志、各种刊物或儿童图书中在文字间所加插的图画,它以其独特的表现形式,在不同的领域发挥着重要的作用。本任务将利用椭圆工具、钢笔工具、形状工具、螺纹工具等绘制一幅如图2-142所示的少女插画。

完成本任务可以学会的技能有:

· 使用螺纹工具

· 镜像操作对象

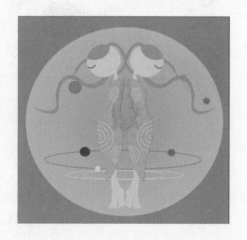

图2-142

操作步骤

1.绘制背景

（1）新建一个空白文档，选择工具箱中的矩形工具，按住"Ctrl"键在页面中绘制一个正方形。在属性栏修改宽为200 mm，高为200 mm。使用工具箱中的均匀填充工具，CMYK值为60，40，0，0，将正方形填充为幼蓝色后的效果如图2-143所示。

图2-143

（2）选择工具箱中的椭圆工具，在页面中绘制一个椭圆，在属性栏修改宽为188 mm，高为177 mm，绘制效果如图2-144（a）所示。

（3）用挑选工具选中椭圆，选择工具箱中的渐变填充工具，设置从淡红（CMYK：4，19，9，0）到粉红（CMYK：2，62，13，0）的射线型渐变，得到的填充效果如图2-144（b）所示。

（a）

（b）

图2-144

（4）用挑选工具框选正方形和椭圆，单击属性栏上的"对齐和分布"按钮，弹出图2-145所示的 "对齐与分布"对话框，设置水平中对齐，垂直中对齐，单击"应用"按钮后得到的效果如图2-146所示。

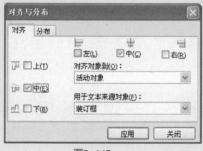
图2-145

图2-146

2.绘制少女

（1）选择工具箱中的椭圆工具，在页面中绘制一个椭圆，在属性栏修改宽为200 mm，高为200 mm，绘制的椭圆如图2-147（a）所示。

（2）选择挑选工具，右击椭圆，在弹出的快捷菜单中选择"转换成曲线"。

（3）选择形状工具，调整椭圆形状，作为少女的头部，如图2-147（b）所示。

（4）选择工具箱中的均匀填充工具，其CMYK值为4，12，23，0，为少女的头部填充肉色的效果如图2-147（c）所示。

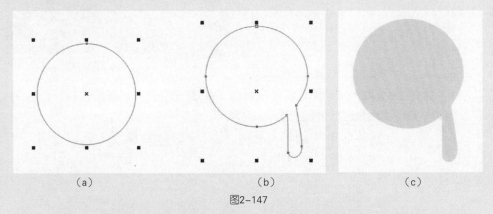

| (a) | (b) | (c) |

图2-147

（5）选择工具箱中的钢笔工具，绘制少女的头发，并用均匀填充工具为其填充蓝色（CMYK：61，0，7，0），得到的效果如图2-148（a）所示。

（6）选择工具箱中的贝塞尔工具，绘制少女的眼睛路径，并将轮廓线加粗，得到的效果如图2-148（b）所示。

（7）选择钢笔工具绘制少女的身体路径，并填充为绿色（CMYK：52，4，89，0），得到的效果如图2-148（c）所示。

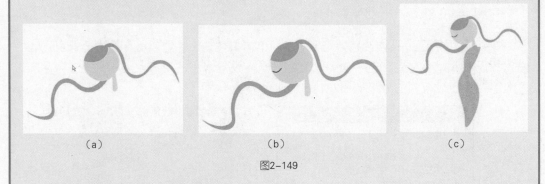

| (a) | (b) | (c) |

图2-149

（8）选择工具箱中的螺纹工具 ⬚，绘制螺纹作为裙子的花纹，在属性栏上将轮廓加粗到0.75 mm，其效果如图2-149（a）所示。

（9）将绘制的螺纹轮廓填充为白色，用挑选工具将螺纹和绿色的裙子形状选中，单击属性栏中的"相交"按钮 ，并将多余的螺纹删除，得到裙子的花纹效果如图2-149（b）所示。

（10）按照同样的方法，绘制裙子的其他花纹，得到的效果如图2-149（c）所示。

（a）　　　　　　　　　　（b）　　　　　　　　　　（c）

图2-149

知识装备

螺纹工具

用于绘制不同形状的螺旋线，有对称式螺旋线（每圈螺纹间距固定不变）和对数式螺旋线（螺纹之间的间距随着螺纹向外成倍增加）两种。在使用螺纹工具绘制螺旋线时必须先设置螺旋的参数，因为对已创建好的螺旋线是不能再调整螺旋参数

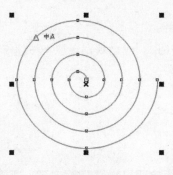　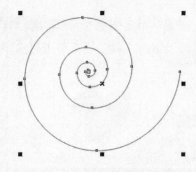

对称式螺旋线　　　　　　　　　　　　　　对数式螺旋线

（11）用钢笔工具绘制手臂形状，并填充为绿色（CMYK：72，0，96，0），得到的效果如图2-150（a）所示。

（12）用钢笔工具绘制脚的形状，并填充为肉色（CMYK：52，4，89，0），得到的效果如图2-150（b）所示。

（13）用挑选工具将刚绘制的少女全选起来，按小键盘上的"+"键，快速复制一个少女，并单击属性栏上的"水平镜像"按钮，用挑选工具将镜像操作后的少女移动后得到的效果如图2-150（c）所示。

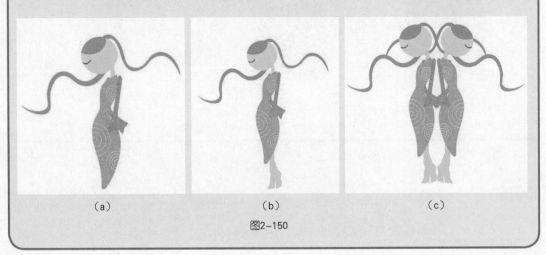

（a）　　　　　　　　　　（b）　　　　　　　　　　（c）

图2-150

 知识装备

对象缩放和镜像的方法：选择"排列"→"变换"→"比例"，打开"变换"泊坞窗；在属性栏上单击"水平镜像"按钮或"垂直镜像"按钮。

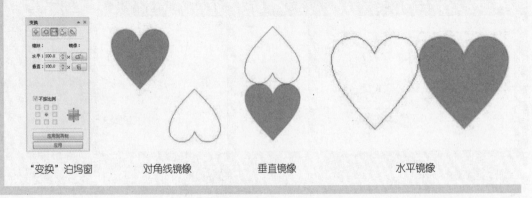

"变换"泊坞窗　　　　对角线镜像　　　　垂直镜像　　　　水平镜像

3.绘制装饰图案

（1）将少女图形选中后，移动到前面的背景中放置到居中位置，其效果如图2-151（a）所示。

（2）选择工具箱中的椭圆工具，绘制一个椭圆，填充为蓝色，得到的效果如图2-151（b）所示。

（3）绘制出其他椭圆，并填充为不同的颜色，最后得到的效果如图2-151（c）所示。

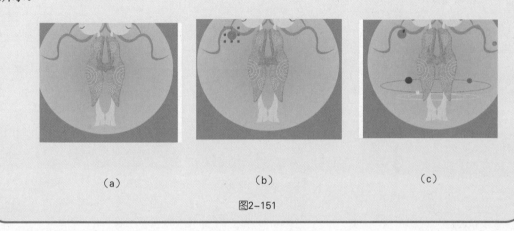

（a）　　　　　　　　（b）　　　　　　　　（c）

图2-151

 做一做

绘制如下图所示的雪人。

模块三

文字效果与图文排版

模块概述

　　文字是平面设计的重要组成部分，文字既能直接反映出诉求信息，也能提高视觉效果上的吸引力。在CorelDRAW X4中使用的文本类型分为两种：美术字和段落文本，这两种文字的处理方法和范围各有不同。美术字用来处理少量文字，常用于标语、主题。段落文本用来处理大篇幅文本，常用于编排主体文本。灵活运用CorelDRAW X4文字处理技术可以赋予文字鲜明的个性，设计新颖的字形、合理组合的版面可以使人留下美的印象，获得良好的心理感受。

　　学习完本模块后，你将能够：

- 掌握文字工具的使用方法；
- 理解美术字和段落文本的区别；
- 掌握美术字和段落文本的编辑方法与控制技巧；
- 体会美术字的设计与版面的布局；
- 掌握表格工具的使用及通过表格工具进行结构布局。

任务一　宣传画的主题文字
——文本的输入方法及造型设计

任务导读

　　美术字主要用于标题文字，是一个平面作品表达主题的中心、重点，在版面中必须予以突出，巧妙设计使其有强烈的视觉冲击力，起到画龙点睛、吸引注意力的作用。在CorelDRAW X4中，使用工具箱中的文本工具，或按"F8"键，在绘图窗口中直接输入文字即为美术字类型。美术字是当作一个图形对象来处理的，可以对文字使用图形的编辑方法和应用图形的特殊效果，使文字效果更加美观。

　　完成本任务可以学会的技能有：

　　· 输入文本及设置文本格式

　　· 打散文本与转换曲线

　　· 文字的造型设计

　　本任务选取了一张海底潜水的图片，配以一个主题"THE　DEEP"，根据背景图的海蓝色，把字的颜色定为蓝色、白色为主体，把字母"E"四边和整体效果的下边线调整为平齐以增加稳重感，把"DEEP"的第二个字母"E"反转增加几何美感，同时使用红色增强层次感和注意力，也传达出海底潜水存在一定的危险性，再把字母"D"和"P"进行修剪，赋予一定的情趣，最后再加上黑色底增加厚重感。效果如图3-1所示。

图3-1

 操作步骤

1.导入一张以海为主题的图片作为背景

（1）新建一个空白文档，以"THE DEEP"作为文件名保存，然后单击属性栏上的"纵向"按钮 ▯，将页面调整为纵向。

（2）执行"文件"→"导入"命令（快捷键"Ctrl+I"），如图3-2所示。导入"素材/模块三/THE DEEP/深海.jpg"文件。用鼠标在绘图区域随意拖动后松开，在属性栏上设置对象宽度为210 mm，高度为297 mm，再执行"排列"→"对齐和分布"→"在页面居中"命令，如图3-3所示。

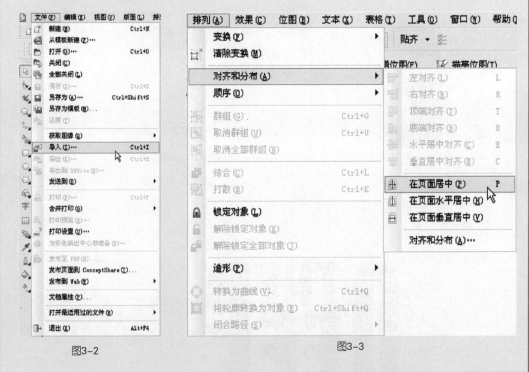

图3-2　　　　　　　　　　　　　图3-3

2.处理文字 THE DEEP

（1）使用文本工具 ⊤ 输入文字"THE DEEP"，在属性栏中的"字体"列表框中选择Impact字体，在"字体尺寸"列表框中选择为100 pt，如图3-4所示。

图3-4

（2）执行"排列"→"打散美术字"命令（快捷键"Ctrl+K"），打散为单个字母。

友情提示

若在输入文字时敲了回车键换行的，则是打散为每一行，此时需要再次选中后执行快捷键"Ctrl+K"，才能打散为单个字母。

（3）选中全部字母，执行"排列"→"转换为曲线"命令（快捷键"Ctrl+Q"）。

（4）用形状工具挑选字母"E"的右端节点，如图3-5所示。单击属性栏上的"对齐节点"按钮 ，弹出图3-6所示的"节点对齐"对话框选择垂直对齐。

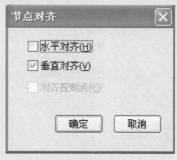

图3-5　　　　　　　　　　　　　图3-6

（5）调整字母排列结构如图3-7所示。

图3-7

友情提示

①先打散再转换为曲线和先转换为曲线再打散，效果是不一样的，请读者认真体会。
②在对齐节点时，是以最后选中的那个节点为标准进行对齐。

（6）用矩形工具画一个合适的矩形去修剪字母"D"和"P"。选中DEEP中的第二个E，单击属性栏上的"水平镜像"按钮，填充为红色，其他3个字母填充为白色。再选中"THE"，填充为蓝色，轮廓为白色，如图3-8所示。

图3-8

（7）群组全部字母，选择轮廓工具，设置为向外，轮廓图步长和轮廓图位移的数值能让所有字母的外边线连在一起即可。执行"排列"→"打散轮廓图群组"命令，再使用形状工具调整下边线为一条直线，最后效果如图3-9所示。

图3-9

 友情提示

① 在定稿之后尽可能将美术字转换成曲线，否则可能会出现文字丢失或乱码现象。
② 如果你的文字是文本框形式，请尽量使用常见字体，或转换为曲线。

 做一做

请根据素材（"素材/模块三/主题文字/做一做素材.jpg"），体会它的意境和色调，设计主题文字"PEACE NOT WAR"，可以参考下图。

素材

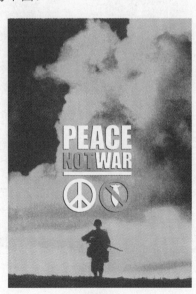

效果图

任务二　Disney星空文字 ——路径排列文字

任务导读

在CorelDRAW X4默认的状态下，所输入的文本沿着水平方向或者垂直方向排列，这种排列方式的外观略显单调。而在美术字的设计过程中，有时需要把文本排列到路径上或者嵌合到指定形状里，使其外观更加多变，这种编排方法是美术字特有的编排效果。

完成本任务可以学会的技能有：

• 沿路径排列文本

• 在图形中添加文本

本任务制作一幅图3-10所示的迪士尼的宣传画。先制作一个虚幻天空作为背景，再以Disney标志性人物米奇的头像作为表达的依据，绘制一个米奇头像的形状，先让表达主题的宣传语沿着米奇头像的外沿进行排列，再选取历届代表性的迪士尼人物名称来填充米奇头像内部，再去掉米奇头像形状，让文字来组成米奇头像的形状，最后加上Disney的标志。

图3-10

操作步骤

1.制作星空背景

（1）新建一个空白文档，以"Disney星空文字"作为文件名保存。单击属性栏上的"纵向"按钮 □，将页面调整为纵向。

（2）双击工具箱中的矩形工具 □，绘制一个和页面同等大小的矩形。

（3）使用交互式填充工具 □，在属性栏上选择填充类型为"射线"，设置为天蓝色到蓝色的渐变效果，如图3-11所示。

（4）使用工具箱中的手绘工具 □，手工绘制一条随意性很强的线段，让上面密集一些，下面和四周稀疏一些，如图3-12所示。

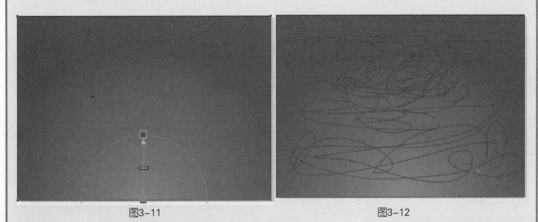

图3-11   图3-12

（5）使用工具箱中的椭圆形工具 □ 绘制一个小圆，填充为青色，无轮廓。按小键盘上的"+"键将其复制，移动复制对象到旁边，然后使用调和工具从一个圆形拖动鼠标至另一个圆形，得到一组圆形的调和对象，设置步长为100，如图3-13所示。

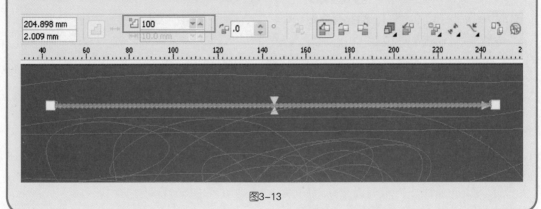

图3-13

（6）单击"路径属性"按钮，在弹出的下拉式选项中选择"新路径"，如图3-14所示。这时光标变成一个黑色弯曲箭头 ，在绘制好的线段上任意处单击，此时圆点会依附在路径线段上。

图3-14

（7）单击"杂项调和选项"按钮，在弹出的下拉选项中勾选"沿全路径渐变"和"旋转全部对象"，此时小圆点会随机分布在画面上，大小发生的一些变化呈现出一种远近感，如图3-15所示。

（8）单击"杂项调和选项"下拉选项中的"拆分"，用黑色弯曲箭头的光标单击画面其中一颗小圆点，填充为白色，此时我们看到的小圆点就多出一种层次感，忽远忽近，闪闪烁烁，整个画面显得十分自然。

（9）最后去掉手绘的线段，可以选择该线段去掉轮廓色，或者右击调和对象执行"拆分调和群组"命令，删除该线段，最后效果如图3-16所示。

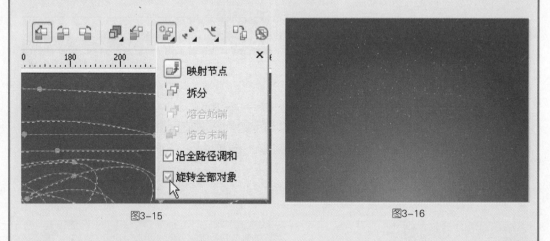

图3-15　　　　　　　　　　　　　　　　　　　图3-16

2.制作米奇头像形状的文字

（1）选择工具箱中的椭圆形工具 ，绘制3个小圆，大小排列成米奇的样子，如图3-17（a）所示。选择这3个圆，单击属性栏上的"焊接"按钮 ，就变成了米奇头像图案的曲线。再用挑选工具，旋转一个角度，如图3-17（b）所示。

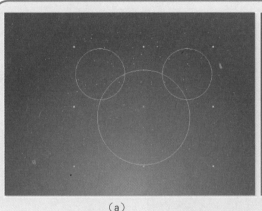 

（a）　　　　　　　　　　　　　　　　　　（b）

图3-17

（2）选择工具箱中的文本工具 [字]，将光标移到米奇图案的曲线外测边沿，光标变成 [I字] 时即为插入点，单击鼠标，从该点输入文字"迪士尼　儿童天堂　梦开始的地方……"，此时输入的文字会自动沿着曲线的轮廓分布。分别选择"迪士尼""儿童天堂""梦开始的地方……"，设置不同的字号和颜色，如图3-18所示。

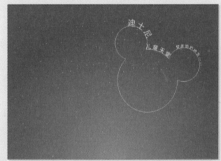

图3-18

（3）使用"文本工具"，将光标移到米奇图案的曲线内侧，光标变成 [I字] 时，单击鼠标即可以在米奇曲线内部输入文字。导入素材文件："素材/模块三/Disney星空文字/迪士尼人物名称.txt"文件，也可以打开"迪士尼人物名称.txt"文件，使用"复制"、"粘贴"的方法，在曲线内布满文字，如图3-19所示。

图3-19

（4）分别把里外两种文本对象转换为曲线，此时则可删除米奇图案曲线了。

（5）选择迪士尼人物名称文本对象，单击工具箱中的透明度工具 [Y]，在属性栏上的"透明度类型"中选择"标准"，此时就能看到背景中的星星，在背景的衬托下既有忽明忽暗的感觉又有一种层次感，如图3-20所示。

图3-20

（6）导入"素材/模块三/Disney星空文字/迪士尼LOGO.cdr"文件，填充为青色，为画面作上迪士尼标志，如图3-21所示。

图3-21

 知识装备

熟悉"字符格式化"泊坞窗的每一项设置的效果。

 做一做

在CorelDRAW X4中使用路径排列文字的方法，找一张火苗的图片，模仿下面这个作品制作出来类似文字效果。

任务三 五一小报
——段落文本的编排及图文混排

任务导读

　　段落文本是建立在美术字基础上的大块区域的文本，因此用于美术字编辑的许多方法都可以用于段落文本编辑，如字体、字号、颜色、对齐、粗、斜、下划线等。除此之外，段落文本还可以进行缩进、分栏、首字下沉、项目符号等设置，但是不能把编辑图形的方法用在段落文本上。

　　完成本任务可以学会的技能有：

　　• 合理排列组合文本

　　• 美术字和段落文本的异同

　　• 段落文本的编排方法与技巧

　　• 段落文本环绕图形

　　本任务制作如图3-22所示的，以国际"五一"劳动节为主题的宣传小报。刊头用喜庆的剪纸作为衬托，把数字5.1和国际劳动节的英文INTERNATIONAL LABOR DAY进行重组排列，看似一个整体标题，符合国际主流风格。旁边的主题文字用了红、黄、白3种颜色，在黑色的映衬下既有层次感又有质感，并用几个粗细不一的线条作为装饰，显得更为饱满。为了配合"咱们工人有力量"，用了一个拳头作为陪衬，并用发散的光芒来进行视觉上的扩张。

图3-22

操作步骤

1. 制作刊头

（1）新建一个空白文档，以"五一小报"作为文件名保存，纸张类型为A4。

（2）从标尺上拖出上下左右4根参考线来规定页面的页边距和布局的空间，参考线数据建议分别设为Y（270），Y（25），X（30），X（180），如图3-23所示。

（3）导入"素材/模块三/五一小报/刊头剪纸.cdr"文件，填充为粉色。

（4）选择工具箱中的文本工具 **字** ，输入文字"5•1 INTERNATIONAL LABOR DAY"，重新排列组合，"5•1"填充为红色，英文用另外几种颜色，能给予一定层次感即可，如图3-24所示。

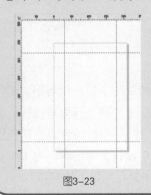

图3-23

图3-24

友情提示

如果不留页边距，满布文字会给人一种压抑感，合理的空白区域能给人一定的想象空间和赏心悦目的感觉。

（5）使用矩形工具▭绘制几个矩形框，分别填充为50%~90%的黑色，如图3-25所示。

（6）输入主题文字"火红的青春　光辉的岁月"，分别填充为红色、黄色和白色，如图3-25所示。

（7）用文本工具 字 输入其他相关信息的文字，如，"主办：重庆市渝北职业教育中心　2020年5月1日星期五　周末特刊"，如图3-25所示。

图3-25

2.制作主体文字背景

（1）绘制一个除去刊头以外的矩形框，作为背景图的外框。

（2）绘制一个三角形，如图3-26所示。选择"窗口"→"泊坞窗"→"变换"→"旋转"（快捷键为"Alt+F8"），打开"变换"泊坞窗，如图3-27所示。设置角度为5度，然后单击"应用到再制"按钮，直到这些复制品形成一个圆圈，如图3-28所示。

（3）选择所有的三角形，执行"结合"命令（快捷键为"Ctrl+L"），填充为浅红色，无轮廓。

（4）单击工具箱中的透明度工具▼，在属性栏上的"透明度类型"中选择"射线"，制造出一种发散的光芒效果，如图3-29所示。

（5）将背景图调整大小后放置在矩形框的上面，执行"效果"→"图框精确剪裁"→"置于容器中"命令，再单击矩形框进行置入，去掉矩形框轮廓，如图3-30所示。

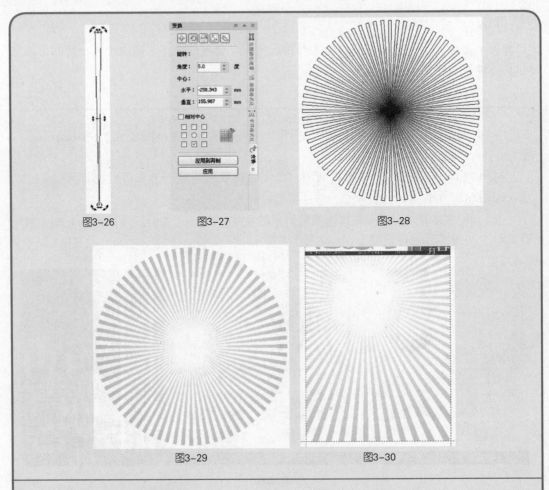

图3-26　　　　　　图3-27　　　　　　　　图3-28

图3-29　　　　　　　　　图3-30

3.编排主体文字内容

（1）使用文本工具 字 输入"咱们工人有力量"，黑体，28 pt，红色。

（2）绘制两个矩形，焊接，作为编辑汉字的区域，如图3-31所示。

图3-31

（3）选择文本工具，将光标移到要输入文字的区域内侧，光标变成 I 时，单击鼠标即可在该区域内部输入文字。或导入"素材/模块三/五一小报/五一国际劳动节文字资料.txt"文件，如图3-32所示。

图3-32

（4）执行"文本"→"栏"命令，打开"栏属性"对话框，按图3-33所示进行设置后，文字区域的效果如图3-34所示。

图3-33

图3-34

（5）执行"文本"→"段落格式化"命令，打开"段落格式化"泊坞窗，如图3-35所示。展开"缩进量"选项，设置数值大小，或者在标尺栏上拖动制表位，设计效果如图3-36所示。

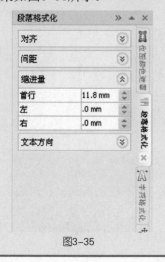

图3-35

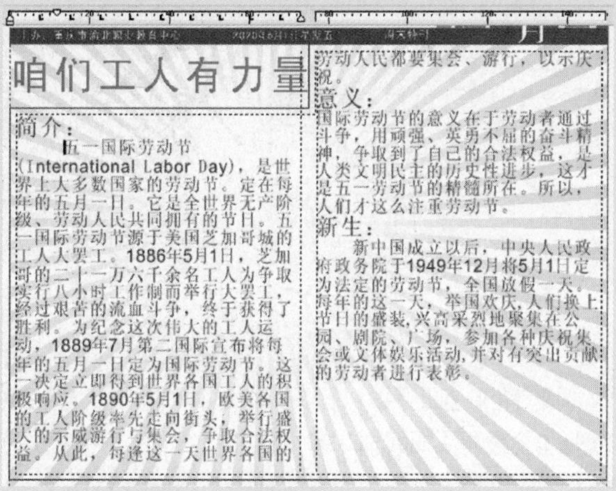

图3-36

📖 知识装备

- 首行：缩进段落文本的首行。
- 左：缩进首行之外的所有行，即创建悬挂式缩进。
- 右：在段落文本的右侧缩进。

（6）导入"素材/模块三/五一小报/拳头.cdr"文件，调整大小和角度，放在发散光芒的中间，如图3-37所示。在属性栏上单击"段落文本换行"按钮🔲，在弹出的选项中选择"跨式文本"（如图3-38所示），再选择文本编辑区域，去掉轮廓，如图3-39所示。

图3-37　　　　　　　　　　　　　　　　　　图3-38

图3-39

（7）选择文本工具，在该文字区域的下方按住鼠标左键不放，拖动鼠标形成一个大小合适的虚线框，即为段落文本框。导入"素材/模块三/五一小报/五一国际劳动节文字资料.txt"文件，只用英文部分，字体Arial，字号10，如图3-40所示。

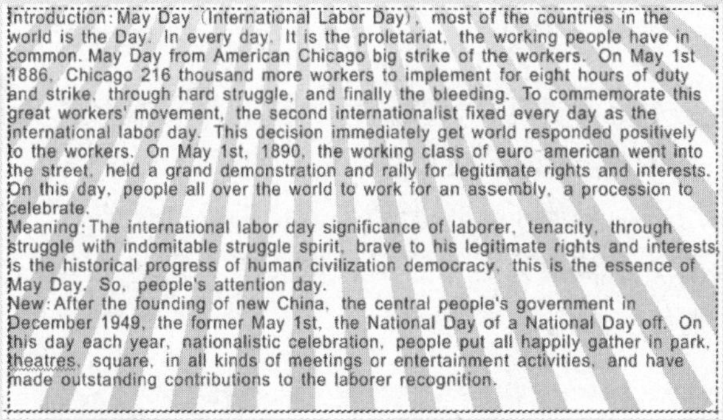

Introduction: May Day (International Labor Day), most of the countries in the world is the Day. In every day. It is the proletariat, the working people have in common. May Day from American Chicago big strike of the workers. On May 1st 1886, Chicago 216 thousand more workers to implement for eight hours of duty and strike, through hard struggle, and finally the bleeding. To commemorate this great workers' movement, the second internationalist fixed every day as the international labor day. This decision immediately get world responded positively to the workers. On May 1st, 1890, the working class of euro american went into the street, held a grand demonstration and rally for legitimate rights and interests. On this day, people all over the world to work for an assembly, a procession to celebrate.
Meaning: The international labor day significance of laborer, tenacity, through struggle with indomitable struggle spirit, brave to his legitimate rights and interests is the historical progress of human civilization democracy, this is the essence of May Day. So, people's attention day.
New: After the founding of new China, the central people's government in December 1949, the former May 1st, the National Day of a National Day off. On this day each year, nationalistic celebration, people put all happily gather in park, theatres, square, in all kinds of meetings or entertainment activities, and have made outstanding contributions to the laborer recognition.

图3-40

（8）执行"文本"→"首字下沉"命令，弹出"首字下沉"对话框，设置如图 3-41所示的参数后，效果如图3-42所示。

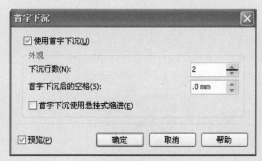

图3-41

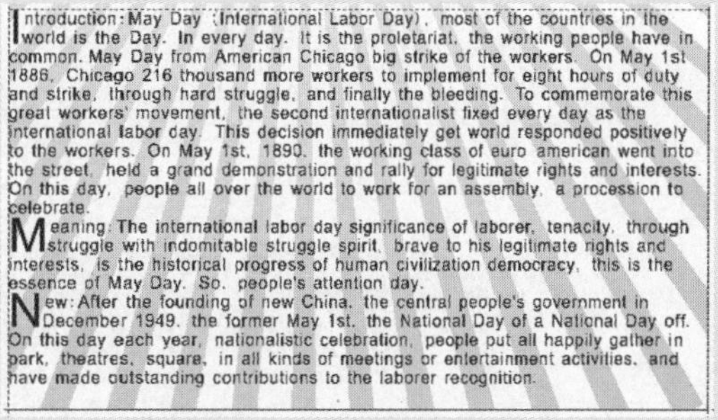

Introduction: May Day (International Labor Day), most of the countries in the world is the Day. In every day. It is the proletariat, the working people have in common. May Day from American Chicago big strike of the workers. On May 1st 1886, Chicago 216 thousand more workers to implement for eight hours of duty and strike, through hard struggle, and finally the bleeding. To commemorate this great workers' movement, the second internationalist fixed every day as the international labor day. This decision immediately get world responded positively to the workers. On May 1st, 1890, the working class of euro american went into the street, held a grand demonstration and rally for legitimate rights and interests. On this day, people all over the world to work for an assembly, a procession to celebrate.
Meaning: The international labor day significance of laborer, tenacity, through struggle with indomitable struggle spirit, brave to his legitimate rights and interests, is the historical progress of human civilization democracy, this is the essence of May Day. So, people's attention day.
New: After the founding of new China, the central people's government in December 1949, the former May 1st, the National Day of a National Day off. On this day each year, nationalistic celebration, people put all happily gather in park, theatres, square, in all kinds of meetings or entertainment activities, and have made outstanding contributions to the laborer recognition.

图3-42

（9）导入"素材/模块三/五一小报/插图.png"文件，调整大小、位置、段落文本换行。如果文字太多超出文本框所能容纳的范围，可以在"段落格式化"泊坞窗设置行间距、字符间距和字间距来调整大小，最后效果如图3-43所示。

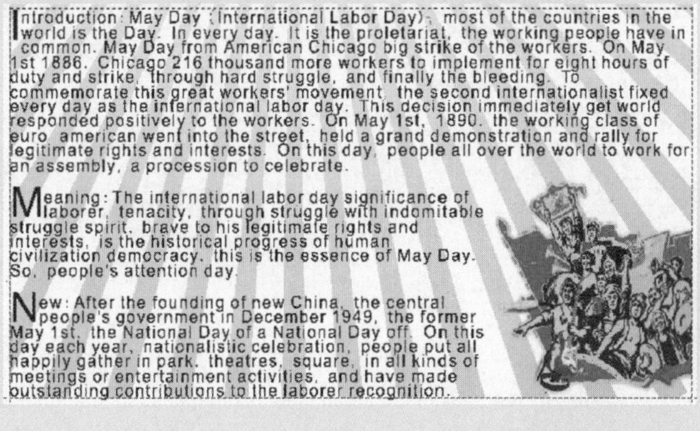

Introduction: May Day (International Labor Day), most of the countries in the world is the Day. In every day. It is the proletariat, the working people have in common. May Day from American Chicago big strike of the workers. On May 1st 1886, Chicago 216 thousand more workers to implement for eight hours of duty and strike, through hard struggle, and finally the bleeding. To commemorate this great workers' movement, the second internationalist fixed every day as the international labor day. This decision immediately get world responded positively to the workers. On May 1st, 1890, the working class of euro american went into the street, held a grand demonstration and rally for legitimate rights and interests. On this day, people all over the world to work for an assembly, a procession to celebrate.

Meaning: The international labor day significance of laborer, tenacity, through struggle with indomitable struggle spirit, brave to his legitimate rights and interests, is the historical progress of human civilization democracy, this is the essence of May Day. So, people's attention day.

New: After the founding of new China, the central people's government in December 1949, the former May 1st, the National Day of a National Day off. On this day each year, nationalistic celebration, people put all happily gather in park, theatres, square, in all kinds of meetings or entertainment activities, and have made outstanding contributions to the laborer recognition.

图3-43

知识装备

　　美术字和段落文本是可以互相转换的，可以在"文本"菜单中转换，也可以在右击后弹出的快捷菜单中选择，还可以使用快捷键"Ctrl+F8"。当美术字转换成段落文本后，它就不是图形对象了，不能使用图形编辑的操作，已产生的图形特殊效果也会消失，而段落文本转换为美术字后，也会失去段落文本格式产生的效果。请读者认真体会，区别使用。

 做一做

　　买一份报纸，参照上面的文字、图片排版，在CorelDRAW X4中制作其中一个版面。

任务四　月历——表格的应用

任务导读

　　为了增强文字的排版能力和结构布局上的多样化，在许多软件中都提供了表格来进行处理，在CorelDRAW X4中也新增了表格工具来弥补之前版本中的不足。使用新增的表格功能，既可以自己创制表格，也可以将文本转换为表格，还可以从文本文件或电子表格中导入。

　　完成本任务可以学会的技能有：

　　· 向绘图中添加表格

　　· 编辑表格

　　· 处理表格中的文本

　　· 灵活使用表格美化结构

　　本任务将制作如图3-44所示的产品月历，以2011年2月为内容，配一款浪琴手表。设计以欧美风格，所以只采用英文和数字，装饰以大气、内敛为主，低调美。在技术上，为了方便布局，用到了表格来辅助排版。

图3-44

1.制作背景

（1）新建一个空白文档，以为"月历"作为文件名保存。执行"工具"→"选项"命令，打开"选项"对话框，如图3-45所示。单击"文档"下"标尺"选项，把默认的单位"毫米"改为"点"，在属性栏中将页面大小设置为500 pt×800 pt。

（2）双击工具箱中的矩形工具 ，创建一个和页面一样大小的矩形。

（3）导入"素材/模块三/月历/浪琴.gif"文件，执行"排列"→"对齐与分布"命令，使图片水平中对齐，垂直上对齐，如图3-46所示。

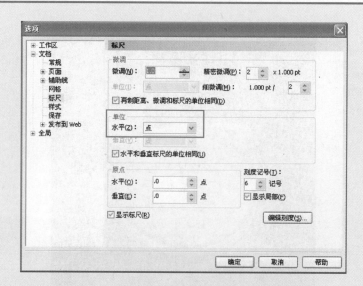

图3-45

（4）为了使图片底部的颜色和绘制的矩形框颜色一样，使用工具箱中的滴管工具 ✎单击图片底部，复制颜色，再使用工具箱中的颜料桶工具 ◈对之前绘制的矩形应用复制的颜色，效果如图3-47所示。

（5）导入"素材/模块三/月历/longines.cdr"文件，调整大小，填充颜色为"90%黑色"，打造LOGO低调风格，同时也增强了层次感，如图3-48所示。

图3-46

图3-47

图3-48

2.制作月历日期

（1）执行"表格"→"创建新表格"命令弹出"创建新表格"对话框，如图3-49所示。设置表格的行数为6，栏数为7，单击"确定"按钮后调整表格的大小，放置于左下方，如图3-50所示。

图3-49

（2）由于背景的底色和表格的线框都是黑色，为了方便操作，改变视图模式为"线框"，如图3-50所示。

（3）使用文本工具 字 在表格中完成文字的输入工作，英文字体为Arial，数字字体为Monotype Corsiva，效果如图3-51所示。

图3-50

Sun	Mon	Tue	Wed	Thu	Fri	Sat
		01	02	03	04	05
06	07	08	09	10	11	12
13	14	15	16	17	18	19
20	21	22	23	24	25	26
27	28					

图3-51

（4）将表格转换为曲线，然后取消群组。把表格线框逐个选中删除。英文和数字填充颜色为白色，把最后一列填充为红色。群组全部英文和数字，如图3-52所示。

（5）输入月份"02"，调整合适大小，填充颜色为"90%黑色"，置于日期后面，居中，效果如图3-52所示。

Sun	Mon	Tue	Wed	Thu	Fri	Sat
		01	02	03	04	05
06	07	08	09	10	11	12
13	14	15	16	17	18	19
20	21	22	23	24	25	26
27	28					

图3-52

（6）使用文本工具在下方输入1—12的英文，调整大小和位置，转换为曲线，并让每个单词有一点重叠。

（7）把除了二月的英文单词February其他单词群组，选择群组对象执行"位图"→"转换为位图"命令，弹出"转换为位置"对话框，如图3-53所示。设置如图所示的参数，单击"确定"按钮。

图3-53

（8）执行"位图"→"模糊"→"动态模糊"命令，设置"动态模糊"对话框，如图3-54所示。设置间隔为20像素，以突出二月February，单击"确定"按钮后的效果如图3-55所示。

图3-54

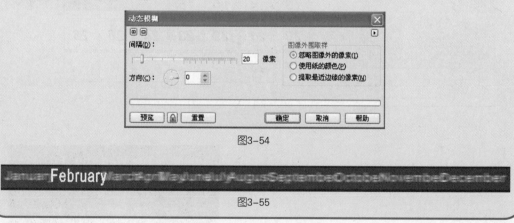

图3-55

友情提示

如果设计传统月历，则要输入农历，还可配以节气节日，此时要注意文字的大小搭配，通常数字较大，文字较小。

 知识装备

• 从文本创建表格　选择要转换为表格的文本，如图（a）所示。执行"表格"→"将文本转换为表格"命令，弹出"将文本转换为表格"对话框，如图（b）所示。选择"逗号"作为分隔符，转换后的效果如图（c）所示。

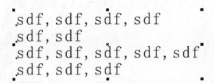

（a）　　　　　　　　　　　　　　（b）

sdf	sdf	sdf	sdf	
sdf	sdf			
sdf	sdf	sdf	sdf	sdf
sdf	sdf	sdf		

图（c）

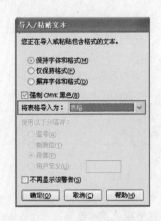

• 从Word文档或Excel表中导入表格　执行"文件"→"导入"，弹出右图所示的"导入/粘贴文本"对话框，在"将表格导入为："下的列表中选择"表格"即可。

 做一做

在CorelDRAW X4中，使用表格的方法，制作一张典雅的课程表。

模块四

位图编辑与滤镜特效

模块概述

　　CorelDRAW X4的强项是处理矢量图形和版面设计，但在实际应用时，难免会涉及位图的使用和处理。CorelDRAW X4的位图编辑功能，是一大特色，虽然它与专业位图处理软件相比略逊一筹，但也有自己的独到之处。另外，CorelDRAW程序组还提供了一个全面的图像编辑应用程序Corel PHOTO-PAINT，编辑时，可以在CorelDRAW和Corel PHOTO-PAINT 之间快速切换。

　　学习完本模块后，你将能够：

- ●掌握导入位图、矢位转换的方法；
- ●掌握裁剪和编辑位图的方法；
- ●更改位图的颜色模式；
- ●灵活运用滤镜实现位图的特殊效果；
- ●了解Corel PHOTO-PAINT软件。

任务一　波普风格画
——位图的形状编辑和颜色模式

任务导读

　　波普艺术来自于英文缩写"POP"，即流行艺术、大众艺术。波普风格最早起源于英国，二战以后的新生一代力图表现自我，追求标新立异，追求非大众化、非通俗化的趣味，设计中强调新奇与独特，采用大胆艳俗强烈的色彩处理，其特征变化无常，新颖、古怪、稀奇，可以说是形形色色、各种各样的折中主义的特点，它被认为是一个形式主义的设计风格。本任务将制作一幅图4-1所示的具有波普风格的画面，学习CorelDRAW X4的位图编辑功能。

　　完成本任务可以学会的技能有：

- 导入位图

- 裁剪位图

- 更改位图的颜色模式

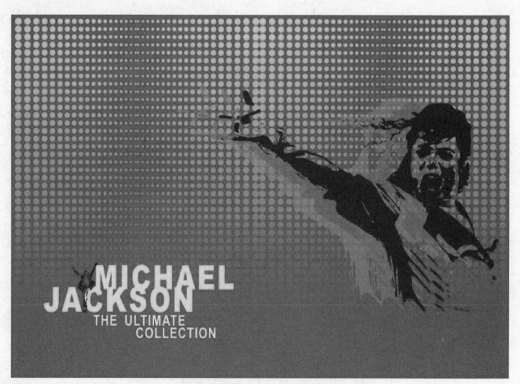

图4-1

操作步骤

1.制作节奏动感背景

（1）新建一个空白文档，以"波普风格"作为文件名保存，然后单击属性栏上的"纵向"按钮 ⬚，将页面调整为横向。

（2）双击工具箱中的矩形工具⬚，绘制一个和页面同等大小的矩形。按住调色板中的红色色样，选择左下角色样，如图4-2所示。

（3）使用工具箱中的椭圆形工具⬚绘制一个小圆，按住调色板中的红色色样，选择右上角色样，无轮廓。

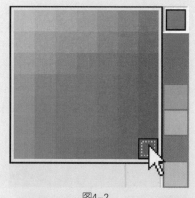

图4-2

（4）按小键盘上的"+"键将其复制小圆，移动复制对象到右边，缩小。然后使用调和工具从一个圆形拖动鼠标至另一个圆形，得到一组圆形的调和对象，设置合适的步长，效果如图4-3所示。

（5）右击调和对象，打散调合群组，再执行群组。复制，按住"Ctrl"键向下移动复制对象，再次调合，效果如图4-4所示。

图4-3

（6）再次将得到的调合群组打散，再执行群组。复制，按住"Ctrl"键向右拖动，效果如图4-5所示。

（7）取消全部群组，再执行结合，单击工具箱中的透明度工具⬚，竖直向下拖动，效果如图4-6所示。

图4-4

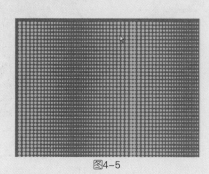

图4-5

图4-6

2.将图片处理成波普风格

（1）导入"素材/模块四/波普风格/迈克尔杰克逊.jpg"文件到画面中，如图4-7所示。

（2）选择工具箱中的贝塞尔工具 ，然后沿图片中人物的边缘进行勾勒，描绘完成后，可以再使用形状工具 调整这个轮廓上的节点，达到更精确的效果，如图4-8所示。使用"图框精确剪裁"功能将这个位图图片放到这个轮廓图中，去掉轮廓，如图4-9所示。

图4-7

图4-8

图4-9

（3）选择图片，执行"位图"→"转换为位图"命令，打开"转换为位图"对话框，如图4-10所示。设置"分辨率"为300 dpi，"颜色模式"为黑白（1位），单击"确定"按钮，转换为设置，其效果如图4-11所示。

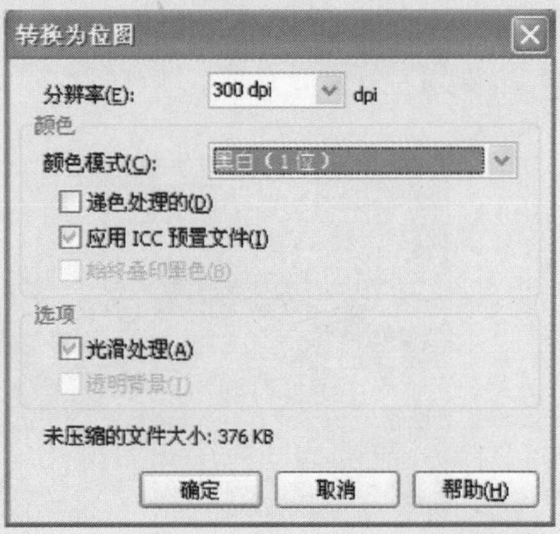

图4-10

图4-11

（4）单击调色板顶端"No fill"按钮 ⊠，其作用可以将该位图的白色部分设置为透明，效果如图4-12所示。

（5）由于此位图太粗糙，需要把该位图转换为矢量图。单击属性栏上的"描摹位图"按钮，在弹出选项中选择"轮廓描摹"→"高质量图像"，如图4-13所示。打开"PowerTRACE"对话框，设置如图4-14所示的参数，其效果如图4-15所示。

图4-12

图4-13

图4-14

图4-15

（6）取消图片群组，删除白色部分，使用形状工具 ⬚ 调整黑色部分细节，最后再群组，其效果如图4-16所示。

（7）把该对象复制两次，单击工具箱中的透明度工具 ⬚ ，在属性栏上的"透明度类型"中选择标准，分别设置为50%和70%，排列一起，以加强给人的印象，形成有规律的节奏感，调整位置和顺序，效果如图4-17所示。

图4-16

图4-17

3.制作标题文字

（1）选择工具箱中的文本工具
字，在左下方输入文字"MICHAEL
JACKSON THE ULTIMATE COLLECTION"
（意为迈克尔·杰克逊 终极的集合），
设置合适的字体和大小，颜色使用黄色
和白色，调整后的效果如图4-18所示。

图4-18

（2）按"Ctrl+I"快捷键导入"素材/模块四/波普风格/人像.jpg"文件，如
图4-19所示。执行命令"窗口"→"泊坞窗"→"位图颜色遮罩"命令，弹出如图
4-20所示的泊坞窗。选择"隐藏颜色"，用颜色选择器点取图中红色部分，容限设为
100%，调整大小和位置，效果如图4-21所示。

图4-19

图4-20

图4-21

 做一做

找一张自己的生活照，打造成波普风格的画面。

任务二 房地产广告"山水情" ——位图的色彩调整和滤镜特效

任务导读

　　CorelDRAW X4的位图编辑功能是区别于其他矢量图处理软件的一大特色，其位图处理能力强大，有不少独到之处。本任务将设计一幅如图4-22所示的可使用于房地产广告的画面，主要学习色彩调整、滤镜处理、技巧合成等技能。

　　完成本任务可以学会的技能有：

- 调整位图色彩

- 合成技巧

- 滤镜特效

图4-22

操作步骤

1.图片调色

（1）新建一个空白文档，以"山水情"为文件名保存。在属性栏上设置页面为纵向。

（2）导入"素材/模块四/山水情"路径下的"山脉.jpg"和"湖.png"两个文件到画面中，效果如图4-23所示。

（3）选择山脉这张图片，执行"效果"→"调整"→"替换颜色"命令，弹出"替换颜色"对话框，如图4-24所示。单击"原颜色"选项后的"吸管"按钮，然后移动到山脉图片中的蓝色部分，单击吸取颜色样本。单击"新建颜色"选项后"吸管"按钮，然后移动到图片湖中的绿色部分，单击吸取颜色样本。最后单击"确定"按钮，处理效果如图4-25所示。

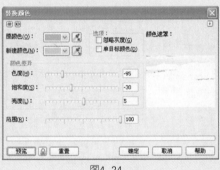

图4-24

图4-23

图4-25

（4）选择湖这张图片，执行"效果"→"调整"→"调合曲线"命令，弹出"调合曲线"对话框，如图4-26所示。把这张图片的亮度调亮一点，设置效果如图4-27所示。

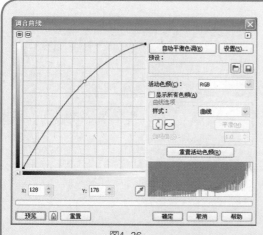
图4-26

图4-27

2.融合图片

（1）导入"素材/模块四/山水情/房子.png"图片，放置到两张图片的中间，如图4-28所示。

（2）单击山脉这张图片，选择工具箱中的透明度工具 ，设置透明度类型为"线性"，去掉上面多余的山并淡化下面的山，效果如图4-29所示。

图4-28

图4-29

（3）单击湖这张图片，使用透明度工具 🔻，透明度类型为"线性"，去掉天空并淡化中间相接的部分，效果如图4-30所示。

图4-30

（4）单击房子这张图片，使用透明度工具 🔻，透明度类型为"线性"，调整透明度色块使其上下自然地融合在一起，效果如图4-31所示。

图4-31

3.滤镜特效及标题文字

（1）选择湖这张图片，执行"位图"→"创造性"→"天气"命令，弹出"天气"对话框，设置如图4-32所示的参数，其效果如图4-33所示。

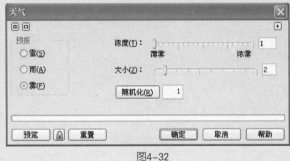

图4-32   图4-33

（2）导入"素材/模块四/山水情"路径下的"云.psd""bird.cdr"和"山水情.png"文件，调整合适的大小和位置，群组全部对象。

（3）双击工具箱中的矩形工具，绘制一个和页面同等大小的矩形。选择群组对象，执行"效果"→"图框精确剪裁"→"置于容器中"命令，将群组对象置于矩形框内，效果如图4-34所示。

图4-34

 知识装备

CorelDRAW程序组提供了位图编辑应用程序Corel PHOTO-PAINT。编辑时，可以在CorelDRAW和Corel PHOTO-PAINT之间快速切换。右击要处理的图片，在弹出的快捷菜单中选择"编辑位图"命令，即可快速地切换到Corel PHTOTO-PAINT软件的工作环境。

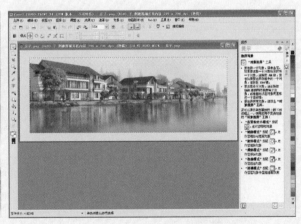

 做一做

把这个案例作为一个房地产广告的起点，搜集相关材料，制作完成一幅完整的房地产宣传画。

模块五

CorelDRAW X4的市场运用

模块概述

CorelDRAW X4是当今最流行的平面设计软件之一。它强大的矢量图形设计功能在业界得到推崇，广泛应用于印刷、包装设计、矢量图设计、平面广告设计、服装设计、效果图绘制以及文字排版等领域。在本模块中，我们将介绍CorelDRAW X4的市场运用，通过各任务的学习，熟悉CorelDRAW X4的市场运用及商务设计流程。

学习完本模块后，你将能够：

- 了解CorelDRAW X4的市场运用；
- 熟悉CorelDRAW X4的商务设计流程；
- 掌握运用CorelDRAW X4进行VI类、DM类、海报类等广告制作。

任务一　了解市场运用及商务流程

任务导读

本任务主要学习CorelDRAW X4的市场运用和商务设计流程。

完成本任务可以学会的技能有：

· 了解CorelDRAW X4的市场应用

· 熟悉CorelDRAW X4的商务设计流程

一、CorelDRAW X4的市场运用

CorelDRAW是加拿大Corel公司引以为荣的优秀的矢量绘图软件，以其17种以上语言版本风靡全球，并且获得了超过215项国际性的大奖。

CorelDRAW X4融合了绘画与插图、文本操作、绘图编辑、桌面出版及版面设计、追踪、文件转换和高品质输出于一体的矢量图绘图软件，它在工业设计、产品包装造型设计、网页制作、建筑施工与效果图绘制等设计领域中得到了极为广泛的应用。

CorelDRAW X4相比之前版本加入了大量新特性，总计有50项以上，其中的亮点有文本格式实时预览、字体识别、页面无关层控制、交互式工作台控制等等。而且CorelDRAW X4的图标糅合了经典的CorelDRAW9的特征。

在Windows Vista操作系统开始普及的今天，CorelDraw X4也与时俱进，整合了新系统的桌面搜索功能，可以按照作者、主题、文件类型、日期、关键字等文件属性进行搜索，还新增了在线协作工具ConceptShare（概念分享）。

此外，CorelDRAW X4还增加了对大量新文件格式的支持，包括Microsoft Office Publisher, Illustrator CS3, Photoshop CS3, PDF 8, AutoCAD DXF/DWG, Painter X等。

作为一个套装，CorelDraw X4继续整合了抓图工具Capture、点阵图矢量图转换工具Trace、剪贴图库与像素编辑工具Paint。其中Paint增加了对RAW相机文件格式的支持，引入了一个新的自动控制功能Straighten Image，可交互式快速调整倾斜的扫描图和照片等。

二、运用CorelDRAW X4进行平面设计的商务流程

运用CorelDRAW X4进行平面设计是一个有目的、有计划、有步骤的渐进式不断完善的过程，设计的成功与设计者的态度息息相关。有了正确而积极的态度，才能有正确的目

的；有了完备的计划和可行的步骤，才能创作出好的作品。

运用CorelDRAW X4进行平面设计的商务流程如下：

• 接单 接待客户，仔细记录客户的要求，并合理要求客户提供相应的资料，记下客户的联系方式，向客户介绍公司实力和亮点，明确告知客户完成此次设计所需要的时间，委婉告知客户合理的价格，尽量做到让客户满意。

• 调查 平面广告设计需要进行有目的、完整的调查工作，调查客户的背景、产品的定位、行业（同类企业、品牌、产品）、市场（时令、销量、受众）、同类广告常用的表现手法等。这些调查主要应由设计单位或设计者完成，必要时可请客户配合提供相关资料。

• 确定内容 通过调查和搜集，根据客户要求，确定广告的主题和具体内容，包括必需的文字、图片、数据等相关资料。

• 构思 思路是平面设计者不懈追求的东西，寻找设计思路也是平面设计中最为关键的一个步骤，设计者要充分尊重客户的要求，合理利用搜集的资料，并及时与客户沟通，尽早确定思路。

• 表现手法 表现手法是打动广告受众的技巧，如何才能从众多的视觉作品中脱颖而出，留住观者的目光呢？一是可以使用完整完美、中规中矩的表现手法，一般会被受众欣赏和认可；二是可以融入中国的传统文化，以一种深沉、博学、厚重的姿态出现，也可让大多数受众赏心悦目和赞叹；三是可大胆使用新奇或怪异的方式，富有个性的表现手法，这样的作品有可能引起争议，但却给人以深刻的印象和悠远的回味，也能满足部分客户的要求。

• 创作 根据输出的要求，使用CorelDRAW X4软件，设计者充分运用智慧，调动视觉元素，确定背景、主题、文字、图片、布局等内容，完成一幅或一系列的平面设计作品。

• 客户确认 设计者向客户讲解设计意图和表现手法，让客户确认设计方案，打出黑白样稿，让客户第一次校对，确认文字无误。

• 出彩 打出彩色样稿，让客户第二次校对文字图片等，确认色彩风格（如有修改，可要求客户配合盯屏修改，修改无误后再出彩色稿样）。出彩部分是平面设计的视觉兴奋点，也是平面设计作品的卖点，是平面设计者们长期生存的保障。

• 定稿 客户通过后，在彩喷稿上签字确认，定稿。

• 出成品 按客户要求使用写真、喷绘、彩印等形式制作批量成品。

• 安装 按客户要求将平面设计作品送达客户或安装到位。

• 收尾 收尾工作也很重要，将平面设计作品送达客户或安装到位，客户签收确认后，由平面广告设计公司财务人员出具正规发票，由客户按财务规定在双方约定时限内付给现金或转账。在征得客户同意的情况下，还可让客户填写本次服务满意度调查表，并请求客户在商务往来过程中宣传本公司，以扩大平面设计业务范围，实现更大的商业价值。

想一想

①运用CorelDRAW X4进行平面设计最重要的是什么？

②能不能在完成平面设计、制作出成品后就结束商务流程，为什么？

任务二　VI类制作——两江龙火锅企业VI

任务导读

VI（Visual Identity）通译为视觉识别系统，是CIS（企业形象识别系统）最具传播力和感染力的部分。它是将CI（企业识别）的非可视内容转化为静态的视觉识别符号，以无比丰富的多样的应用形式，在最为广泛的层面上，进行最直接的传播。设计到位、实施科学的视觉识别系统，是传播企业经营理念、建立企业知名度、塑造企业形象的快速便捷之途。

在全球国际化的今天，市场上品牌众多，没有VI设计对于一个企业来说，就意味着它的形象将淹没于商海之中，让人辨别不清；就意味着它的产品与服务毫无个性，消费者对它毫无眷恋；就意味着团队的涣散和低落的士气。

VI设计一般包括基础部分和应用部分两大内容，一个优秀的VI设计对一个企业的作用在于以下几点：

①将该企业与其他企业区分开来，同时又确立该企业明显的行业特征或其他重要特征，明确该企业的市场定位，是企业无形资产的一个重要组成部分。

②传达该企业的经营理念和企业文化。

③使消费者对该企业所提供的产品或服务产生最高的品牌忠诚度。

④提高员工对企业的认同感，提高员工的凝聚力。

本任务以重庆特色火锅品牌——两江龙火锅企业为例，围绕重庆、山城、火锅、人制作一套视觉形象识别手册。

完成本任务可以学会的技能有：

• 了解VI概念

• 会创造VI类作品

操作步骤

1.绘制封面

（1）新建一个空白文档，然后单击属性栏上的"横向"按钮，将页面调整为横向。

（2）双击工具箱中的矩形工具，创建一个和页面同等大小的矩形并填充为黑色。

（3）执行"文件"→"打开"命令，打开"素材/模块五/VI案例/素材文件"目录下的文件，复制需要的素材，将其放到合适位置，设计文字和图形，完成封面制作，效果如图5-1所示。

图5-1

2.绘制基础系统内页

（1）单击页面左下方"加页"按钮（快捷键"PageDown"），为手册增加一页。打开"素材/模块五/VI案例/素材文件"目录下的文件，复制需要的素材后将其放到合适位置，效果如图5-2所示。

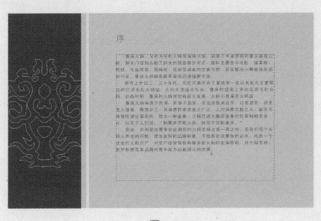

图5-2

（2）继续增加第3页，完成基础系统目录绘制，效果如图5-3所示。

图5-3

（3）绘制第4页，内容为标志与释义，效果如图5-4所示。

图5-4

（4）绘制第5页，内容为标志标准制图法，效果如图5-5所示。

图5-5

 友情提示

相同版式的内容可以复制，不需要重新制作。

（5）绘制第6页，内容为标准中英文字体，效果如图5-6所示。

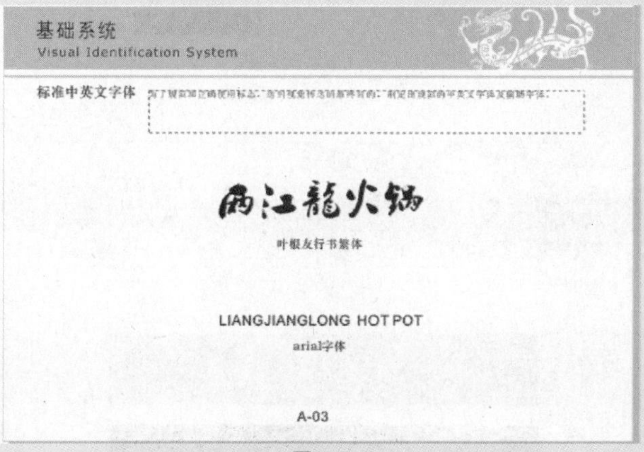

基础系统
Visual Identification System

标准中英文字体

两江龍火锅

叶根友行书繁体

LIANGJIANGLONG HOT POT
arial字体

A-03

图5-6

（6）绘制第7页，内容为标志标准组合方式，效果如图5-7所示。

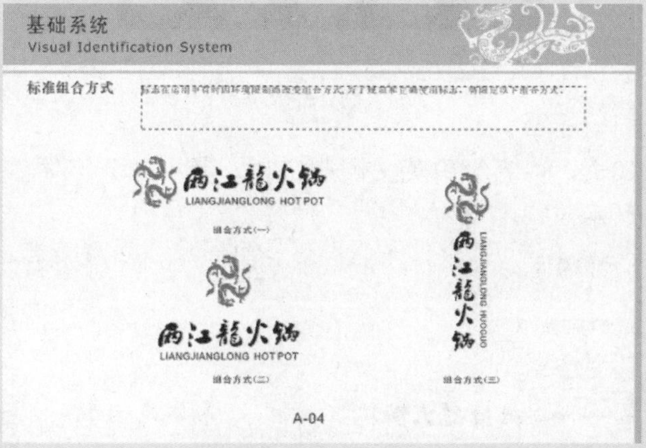

基础系统
Visual Identification System

标准组合方式

两江龍火锅
LIANGJIANGLONG HOT POT

组合方式（一）

两江龍火锅
LIANGJIANGLONG HOT POT

组合方式（二）

两江龍火锅

组合方式（三）

A-04

图5-7

（7）绘制第8页，内容为标准色，效果如图5-8所示。

（8）绘制第9页，内容为辅助图形，打开"素材/模块五/VI案例/素材文件"目录下的文件，复制需要的素材后将其放到合适位置，效果如图5-9所示。

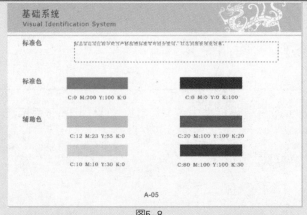

图5-8

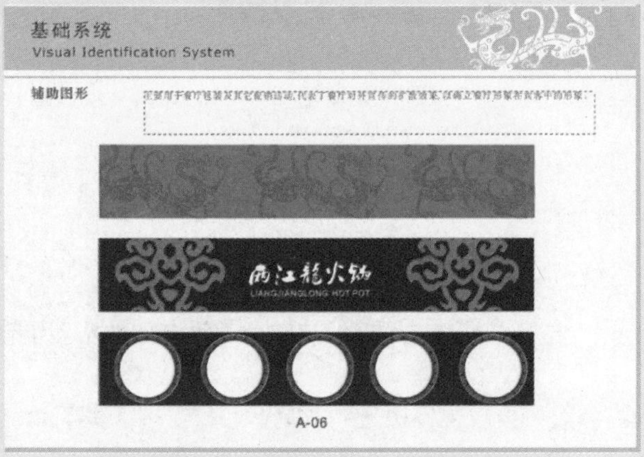

图5-9

（9）绘制第10页，内容为中英文印刷字体，其中部分字体需要安装方正字体库，效果如图5-10所示。

图5-10

3.绘制应用系统

（1）绘制第11页，内容为应用系统目录，效果如图5-11所示。

图5-11

（2）绘制第12页，内容为名片及名片夹。打开 "素材/模块五/VI案例/素材文件"
目录下的文件，复制需要的素材后将其放到合适位置。复制名片正面效果图，执行"位
图"→"转换为位图"命令，转换为位图。执行"位图"→"三维效果"→"透视"，
弹出"透视"对话框，设置如图5-12所示的参数，注意切变边线与名片夹边线大致平
行，得到的效果如图5-13所示。选择工具箱中橡皮擦工具 ，将名片多余部分擦除，放
到名片夹合适位置，效果如图5-14所示。

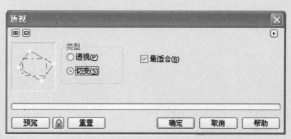

图5-12

图5-13

图5-14

（3）群组名片正面、背面及名片夹，设置阴影效果，最后效果如图5-15所示。

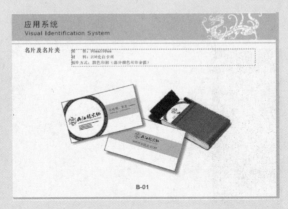

图5-15

（4）绘制第13页，内容为信封，运用矩形工具进行绘制，最后效果如图5-16所示。

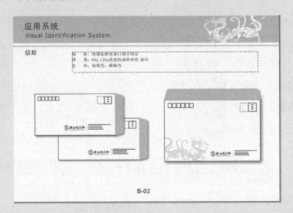

图5-16

（5）绘制第14页，内容为信纸和便签，最后效果如图5-17所示。

图5-17

（6）绘制第15页，内容为贵宾卡，最后效果如图5-18所示。

图5-18

（7）绘制第16页，内容为菜谱，最后效果如图5-19所示。

图5-19

（8）绘制第17页，内容为餐饮小物品，打开"素材/模块五/VI案例/素材文件"目录下的文件，复制需要的素材后将其放到合适位置，效果如图5-20所示。

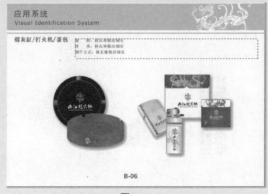

图5-20

（9）绘制第18页，内容为服务员工作服，效果如图5-21所示。

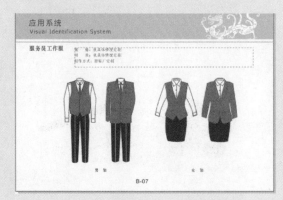

图5-21

（10）绘制第19页，内容为塑料袋和礼品袋，效果如图5-22所示。

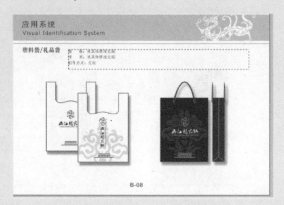

图5-22

（11）绘制第20页，内容为餐具包装和纸巾，效果如图5-23所示。

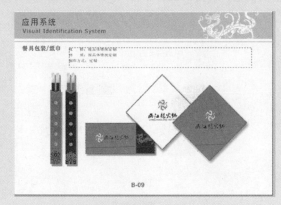

图5-23

（12）绘制第21页，内容为公共标识，打开"素材/模块五/VI案例/素材文件"目录下的文件，复制需要的素材后将其放到合适位置，最后效果如图5-24所示。

图5-24

（13）绘制第22页，内容为车身广告，打开"素材/模块五/VI案例/素材文件"目录下的文件，复制需要的素材后将其放到合适位置，最后效果如图5-25所示。

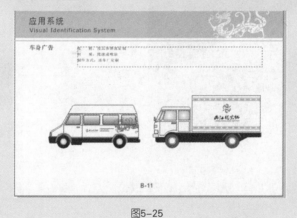

图5-25

一套比较完整的VI视觉识别系统就完成了，我们要注意的就是不同行业和不同企业在应用系统部分中所需要制作的内容不会一样，需要大家在以后的工作中和客户认真仔细地沟通，理解客户想要表达的内容和想法，这样才能做出比较优秀的VI作品。

经典赏析

国外的优秀VI（以经营面包为主的餐饮店）设计：

 想一想

一套完整的VI系统可以包含哪些项目？

任务三 DM类制作——周年庆促销DM单

任务导读

　　DM（Direct Mail Advertising）直译为"直邮广告"，是通过邮寄、赠送等形式将广告信息有针对性地直接传送给真正的受众。简言之，DM就是一种广告宣传的手段。如今的DM除了传统邮寄以外，还可借助传真、杂志、电视、网络等媒介，可以柜台散发、专人送达、来函索取、随商品包装发出等。

　　本任务将制作某商场用于周年庆的促销DM单，设计的效果图如图5-26所示。

　　完成本任务可以学会的技能有：

- 了解DM的相关概念
- 会创作DM类作品

131

图5-26

一、认识DM

1.DM的特点

在生活中，大家常见的DM有街头巷尾、商场超市散发的促销传单，有肯德基、麦当劳、乡村基印制的优惠券，有卖场专柜、房地产的宣传册子等。DM有传递信息快、制作成本低、持续时间长、针对性强、认知度高等优点，为商家的宣传活动提供了一种很好的载体。DM的设计及制作可以根据自身具体情况来任意选择版面大小并自行确定广告信息的长短，表现的形式就呈现出多样化，常见形式归纳起来有传单型、册子型和卡片型。

案例赏析

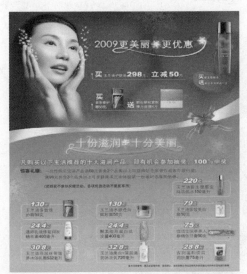
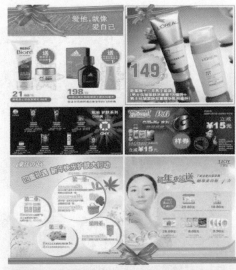

商场促销DM

房地产宣传DM

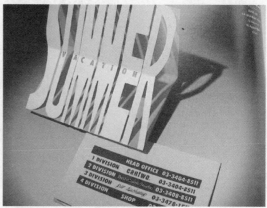

造型独特的DM

2.设计DM的几点考虑

一份好的DM，并非盲目而定。在设计DM时，若事先围绕它的优点考虑更多一点，将对提高DM的广告效果大有帮助。设计DM要考虑的问题大致有如下几点：

①详细了解商品，熟知受众的心理习性和规律，知己知彼，百战不殆。

②设计要新颖有创意，印刷要精致美观，以吸引更多的眼球，爱美之心，人皆有之。

③设计形式无固定法则，可视具体情况灵活掌握，自由发挥，出奇制胜。

④若用于邮寄，充分考虑折叠方式，尺寸大小，实际重量。

⑤采用折叠可玩些小花样，如借鉴中国传统折纸艺术，让人耳目一新，但应方便拆阅。

⑥配图时，多选择与所传递信息有强烈关联的图案，吸引注意力，刺激记忆。

⑦充分考虑色彩的魅力，熟悉色彩表达的情感。

⑧好的DM可纵深拓展，形成系列，以积累广告资源。

在普通消费者眼里，DM与街头散发的小报传单没多大区别，是一种避之不及的广告垃圾。其实，垃圾与精品往往一步之隔，要想你的DM成为精品，要想你的DM打动消费者，可以借助一些有效的广告技巧来提高你的DM效果，不做足功课、下足功夫是不行的。

3.设计DM的注意事项

· 尺寸　标准彩页制作尺寸：16开，291 mm×216 mm（四边各含3 mm出血位）；标准彩页成品大小：16开，285 mm×210 mm。

· 彩页排版方法　彩页排版时，请将文字等内容放置于裁切线内5 mm，彩页裁切后才更美观。

· 彩页样式　横式（285 mm×210 mm），竖式（210 mm×285 mm）和折叠式（对折，荷包折或风琴2折）。

二、制作周年庆促销DM单

 操作步骤

1.制作背景及框架

（1）新建一个空白文档，以"周年庆"作为文件名保存，在属性栏上设置页面为纵向。

（2）双击工具箱中的矩形工具▢，绘制一个和页面同等大小的矩形。使用交互式填充工具◈，选择填充类型为"射线"，为表达喜庆的氛围，颜色设置为黄色到红色的渐变，如图5-27所示。

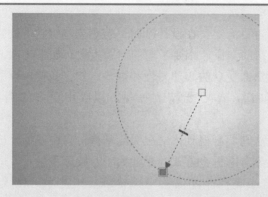

图5-27

（3）输入"胡瓷砖重庆首家瓷砖批发超市"，导入"素材/模块五/周年庆促销DM单"目录下的"星星.cdr""人物.cdr"和"广告语.cdr"，作为装饰，打底衬托，调整合适的位置和大小，效果如图5-28所示。

图5-28

2.制作简约周年庆标

（1）使用工具箱中的星形工具☆绘制一个星形，参数设置为 ☆ 36 ▲ 6 ，颜色填充为30%黑，如图5-29（a）所示。

（2）使用椭圆形工具◯，按住"Ctrl"键，绘制一个正圆，参数设置为
射线 ▾ ■ ▾ ■ ▾ +50 ▾ %，效果如图5-29（b）所示。

（3）再次使用星形工具，绘制一个五角星，效果如图5-29（c）所示。

（4）按小键盘"+"复制一个，把图形中心移到圆的中心，角度设为15°，按"Ctrl+D"快捷键，使五角星围绕圆的边复制一周，把全部内容选中，群组，效果如图5-29（d）所示。

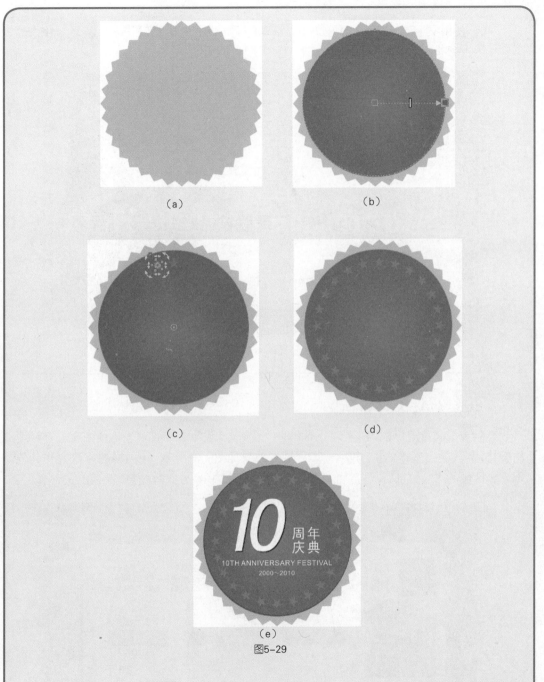

（a）

（b）

（c）

（d）

（e）

图5-29

（5）使用文字工具 字，输入文字"10周年庆典""10th ANNIVERSARY FESTIVAL 2000—2010"，汉字字体设为黑体，英文字体设为Arial。复制一个"10"，填充为黑色垫底，增强立体感。调整大小和位置，打散所有字，转为曲线，全部居中，群组，效果如图5-29（e）所示。

137

（6）使用文字工具 字，输入文字"活动时间：2010年5月20日—5月27日"和"地点：重庆市渝北区龙溪建材大厦负一楼"，效果如图5-30所示。

图5-30

3.活动介绍、页底信息

绘制一个圆角矩形框，用来划分不同的产品信息，根据客户要求表达的内容进行合理的编排，以传达出基本信息，其中一个区域的效果如图5-31所示，用同样的方法制作其他每一个区域的产品信息后，在底部再加上一些广告语、联系方式等信息，完成DM的制作。

图5-31

经典赏析

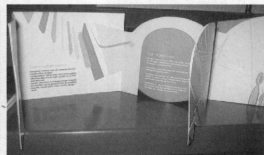

造型各异的DM手册

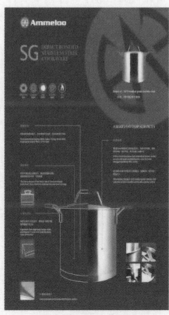

AMMeloo厨具DM单

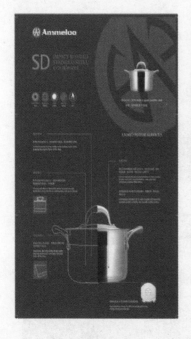  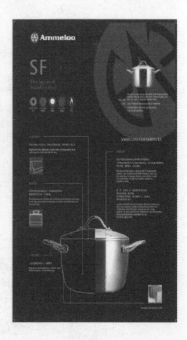

AMMeloo厨具DM单

 做一做

参照各个商场的DM促销单上的信息，制作一张促销DM。

任务四　海报类制作——KTV海报

任务导读

海报，又称"招贴"或"宣传画"，属于户外广告的一种形式，分布在街道、影剧院、展览会、商业闹区、车站、码头、公园等公共场所，国外称海报为"瞬间"的街头艺术。相比于其他形式的广告，海报具有画面尺寸大、远视效果好、艺术表现力强等特点。

本任务将制作一张KTV海报，其效果如图5-32所示。

完成本任务可以学会的技能有：

• 了解海报的后期制作方法和相关材料

• 会创作海报类作品

图5-32

一、认识海报

1.海报的特点

    海报是人们在日常生活中极为常见的一种宣传形式，常见的有电影海报、招商海报、演出海报、公益海报等种类。海报中通常要表达清楚活动的性质，活动的主办单位、时间、地点等内容。海报的语言要做到简明扼要，可以用鼓动性的词语来完成宣传任务，但不可夸大事实。海报的形式要做到新颖美观，可以用艺术性的处理来吸引观众，但不可过于抽象，以免增加理解的负担。

案例赏析

电影海报

招商海报

演出海报

公益海报

2.海报的后期输出方法及创作材料

海报的后期输出通常采用写真或者喷绘的方法。市场上，一张写真或者喷绘做出来的成品，价格是以每平方米为计价单位进行计费的，即实际平方数乘以每平方米的价格。

（1）户内写真：户内广告的输出多采用写真，如地下通道两旁的小型广告牌、易拉宝及灯箱上面的小面积图像等，如图5-33所示。

户内写真制作材料如下：

①PP胶片、相纸：就是我们俗称的海报，胶质精美、精度高，后面没有自带胶面。

②背胶：和胶片、相纸的区别在于后面有胶面，撕开后面薄膜后贴在墙体上。

③灯箱片：具有图像精美、透光性适中的特点。

④背胶裱板：将背胶贴在一种类似泡沫的特制板上，四周加边条，可作为公司装饰、展会展示用。有普通板和优质板之分，若普通背胶裱板长时间使用，板面会有气泡产生。

图5-33

户内写真输出的画面大小一般就只有几个平方米，在输出图像后还要覆膜或裱板才算成品，输出分辨率较高，色彩饱和、清晰。

（2）户外喷绘：户外广告的输出多采用喷绘，如公路旁的大型广告牌，大幅宣传画等，如图5-34所示。

（a）

（b）

（c）

图5-34

户外喷绘制作材料如下：

①灯布：用于大面积画面，有外光灯布与内光灯布之分。外光灯布用作灯光从外面照向喷布，内光灯布类似于灯箱片，用作灯箱中灯光照向喷布。

②车身贴、单孔透：用于贴在车身或者车身玻璃上，粘性好、抗阳光。

③网格布：网状喷绘材质，用于特殊表现手法的一种材质。

此外还有类似丝绸状材质的绢丝布，有一定油画质感的油画布，它们用于比较浪漫和格调高雅的展示场合。户外喷绘精度通常比较小，尺寸不限，不用过膜。

友情提示

• 图像模式要求　目前的喷绘机均为四色喷绘，在做图的时候一定要遵照印刷标准，喷绘统一使用CMKY模式，禁止使用RGB模式。

• 图像黑色要求　图像中严禁有单一黑色值，必须填加C、M、Y色，组成混合黑，否则画面上的黑色部分会出现横道，影响整体效果。例如大黑的CMYK值为50，50，50，100。

• 图像储存要求　写真的图像最好储存为TIF格式，不用压缩格式。但实际操作中喷绘的幅画较大，再低分辨率的TIF格式都很大，存为低分辨率的JPG格式也不会影响效果，否则文件太大，输出就会很困难。

• 尺寸大小要求　喷绘图像大小和实际画面大小是一样的，它和印刷不同，不需要留出血位。一般在输出画面时都留有白边，通常与净画面边缘7 cm。若要求在画面上打扣眼，需事先交待清楚。

• 图像分辨率要求　喷绘图像分辨率没有标准要求，但目前常见的喷绘机的分辨率为11.25 dpi，22.5 dpi，45 dpi几种。不同尺寸的图像使用的分辨率不同，图像面积180 ㎡以上的为11.25 dpi，30~180 ㎡的为22.5 dpi，1~30 ㎡的为45 dpi。喷绘图像往往很大，若还使用印刷分辨率，那就会影响输出了，故合理使用图像分辨率可以加快做图速度。

二、制作KTV海报

操作步骤

1.制作背景

（1）新建一个空白文档，以"KTV海报"作为文件名保存，在属性栏上设置页面为纵向。

（2）双击工具箱中的矩形工具 ▢ ，绘制一个和页面同等大小的矩形。使用交互式填充工具 ◆ ，选择填充类型为线性，设置为由黑色到蓝色的渐变，效果如图5-35所示。

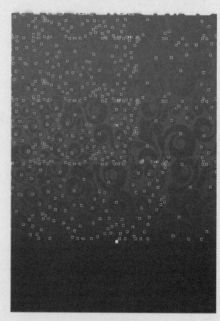

图5-35　　　　　　　　　　　　　　　　图5-36

（3）导入"素材/模块五/海报/底纹.cdr"文件，调整合适大小，如图5-36所示。

（4）填充蓝色，使用透明度工具 ，设置透明度类型为线性，淡化图案下面部分。执行"效果"→"图框精确剪裁"→"置于容器中"命令，置于矩形框内，效果如图5-37所示。

图5-37

2.添加反映主题的图片

（1）导入"素材/模块五/海报"目录下的"声波.cdr""花纹.cdr"和"DJ.cdr"文件，调整合适的位置和大小，如图5-38所示。

（2）导入"素材/模块五/海报"目录下的"dancer.cdr"和"人群.cdr"文件，调整位置和大小，如图5-39所示。

图5-38

图5-39

（3）制作星星，用以点缀，单颗星星效果及整体效果如图5-40所示。

（a）

（b）

图5-40

147

3.添加文字

（1）制作一个简易耳机形状，键入文字"Shanghai's night 夜•上海"和"量版式音乐KTV"，调整大小、形状和位置，效果如图5-41所示。

图5-41

（2）导入"素材/模块五/海报/文字.psd"文件，调整大小和位置，效果如图5-42所示。

图5-42

（3）底部的黑色部分用于输入地址、联系电话、优惠、说明等相关信息，完成整个海报的制作。

经典赏析

　　广告无处不在，但很多人都是匆匆过客，无视它们的存在，为此，广告设计者费尽心思，设计了许多非常有创意的户外广告，希望吸引公众的眼球，让他们驻足观看，过目不忘。下面介绍的户外广告牌，希望我们能感受到设计者的大胆创意，开阔视野，吸取，借鉴。

　　（1）麦当劳"日晷"广告。该广告是李奥贝纳广告公司在2006年为芝加哥快餐巨头麦当劳做的创意广告牌"日晷"，在屋顶上设了一个时钟，每一个小时数字上放一个麦当劳食品，当时这个广告达到了最佳的宣传效果。

　　（2）美国全国保险公司广告。连广告牌上的油漆桶都有可能倒下来，还有什么不会发生的？灾难总是在无意中发生，无法预知，您还是买份保险吧。

　　（3）护齿牙膏广告。用夸张的手法，充分利用广告牌形状营造强烈的视觉冲击力，突出护齿牙膏对牙齿的保护作用，让人过目不忘。

（4）Penline胶带广告。为了表现出Penline胶带绝对的信心，在四个角用胶带就能将一巨型广告牌固定住！该广告赢得2007年戛纳广告奖的银奖。

（5）喜力啤酒广告。一只大手的造型试图从广告牌后面抓住喜力啤酒瓶，可见喜力啤酒诱惑力非同小可！这是一个非常简单的创意，无需过多装饰，言简意赅，却让人过目难忘。

　　(6) Miele吸尘器平面广告。吸尘器头部图和立柱的巧妙结合形成一把巨型吸尘器，性能"好"得连天上的热气球也给吸下来了。

　　(7) 现场音乐演奏会系列海报创意设计。这组音乐主题的系列海报是法国年轻平面设计师Julian Legendre的海报作品，该作品曾获ADI Award Work Excellence奖。杂乱无序的剪纸效果和古典音乐的传统印象相冲突，而恰恰是这种矛盾带给我们无尽的吸引力，现场演奏不是循规蹈矩地完全按照乐谱演奏，随意灵动的剪纸效果暗示这是一种即兴投入的方式，更加让人产生共鸣。艺术源于生活，我们要善用简单、平常的技法，做出扣人心弦的作品。

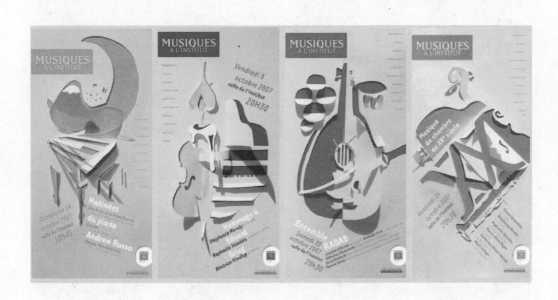

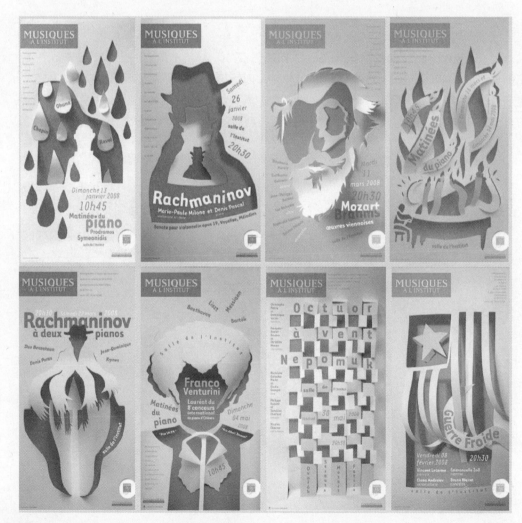

做一做

以目前一部即将上映的电影为主题，搜集相关信息制作一张电影海报。

任务五 包装类制作——食品包装盒

任务导读

商品在进入流通、消费领域时，包装是不可缺少的条件。其中，包装的结构造型设计和它的美化设计的好坏，直接影响产品的外观形象。

本任务将制作一个如图5-43所示的食品包装盒。设计现代食品包装时，应以消费者为中心，运用市场营销的理念，进行产品的包装设计。在设计前，应考虑到产品的形状、大小和数量，设计出新颖、独特的包装盒。设计前，首先应根据食品的大小和数量，设计包装盒的长度、宽度和高度，确定包装盒尺寸后，绘制出盒子的展开图形轮廓。因为红色很醒目，能给人激情，所有在包装盒整体配色上采用红色调。在图案设计上，上面采用醒目的文字和鲜明的图案，增加产品的识别性。在底色图案设计上，使用时尚的三角形元素和靓丽的颜色，增加产品包装的装饰性。

完成本任务可以学会的技能有：

• 了解包装的作用、分类及设计要素

• 会创作包装类作品

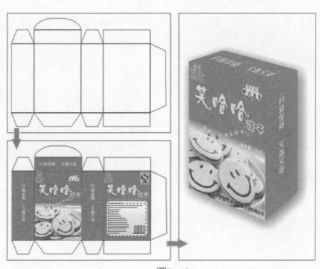

图5-43

一、了解包装制作

1.包装的作用

包装是指设计并生产容器或包扎物，并对商品进行包扎、装盛、打包、装潢等作业的过程。虽然整个过程较为复杂，但包装后的产品从各方面都能够起到积极的作用。

（1）保护商品。良好的包装可以使商品免受自然因素（如日晒、风吹、雨淋、灰尘沾染等）的侵袭，同时可以防止挥发、渗漏、溶化、玷污、碰撞、挤压、散失以及盗窃等损失。

（2）促进销售。在包装设计上，通过奇特的造型、诗情画意的外观图像效果，不仅可以吸引消费者的眼球，还可以提高产品的档次，如图5-44所示。

图5-44

（3）容易辨别。为了便于识别，包装上必须注明产品型号、数量、品牌以及生产厂家等，而且不同品牌的同类产品在包装造型设计上也是不同的。

（4）美化增值。包装本身的价值也能引起消费者购买某项产品的动机，除了商品本身的使用价值外，其包装也具有一定的装饰性和美化性，如图5-45所示。

（a）

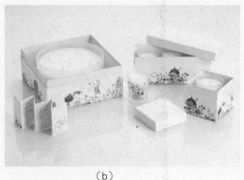

（b）

图5-45

2.包装设计的分类

商品种类繁多，形态各异，其功能作用也各有千秋。包装的分类方法很多，按包装商品的类型可以分为酒、食品、医药、轻工产品、针织品、电器、机电产品和果蔬类包装等。

• 酒类包装 酒的品种繁多，档次也多。不同种类酒的包装风格也不相同，一般酒的风格都具有民族性和地域性，并且在装潢设计上与酒的质量、价格档次形成一致，如图5-46所示。

（a）　　　　　　　　　　　　　（b）

图5-46

• 食品类包装 食品是包装行业中的重要组成部分，比如面包、饼干、饮料等。食品包装不但要表达出商品的真实性，还必须满足购买者的欲望和需求，如图5-47所示。

（a）　　　　　　　　　　　　　（b）

图5-47

• 电器类包装 电器是人们日常生活中接触最密切的产品，主要有家电产品包装、电子产品包装等。在设计电器类包装时，要注重画面的立体感，并且一般在包装上都有产品的实物图形，如图5-48所示。

图5-48

·化妆品包装 化妆品包装主要包括化妆笔、香水、口红、胭脂等，这类产品无论包装造型或色彩都要设计得简洁干净、优雅大方，如图5-49所示。

（a）   （b）

图5-49

·药品类包装 药品包装主要包括处方药品包装设计、OTC药品包装设计和保健品包装设计，如图5-50所示。

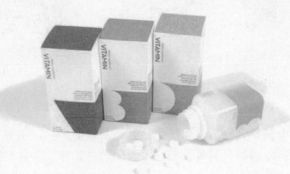

图5-50

3.包装设计要素

包装设计即选用合适的包装材料，运用巧妙的工艺手段，为包装商品进行的容器结构造型和包装的美化装饰设计。当然，在包装设计过程中一般离不开它的四大视觉要素：色彩、图案、文字和造型。

（1）色彩。包装色彩设计必须准确地传达商品的典型特征，产品在消费者的印象中都有相应的象征色，习惯色和形象色。人们有依据包装的色彩判断产品性质的习惯，这对包装设计的色彩设计有重要的影响。包装色彩还有很多的特殊感受，在不同的国家、地区、民族，以及不同的文化程度、年龄阶段的消费者对色彩会产生不同的感受，如图5-51所示。

（2）图案。图案在包装设计上是信息的主要载体，可表现丰富的内容，大致可以分为产品标志图案、产品形象图案和产品象征图案。包装设计产品形象图案是产品出现的具体形象，在包装设计中不仅可以采用印刷图案，也可以在包装盒上采用透明或挖空的开窗设计方法，从而透出其中的产品实物，如图5-52所示。

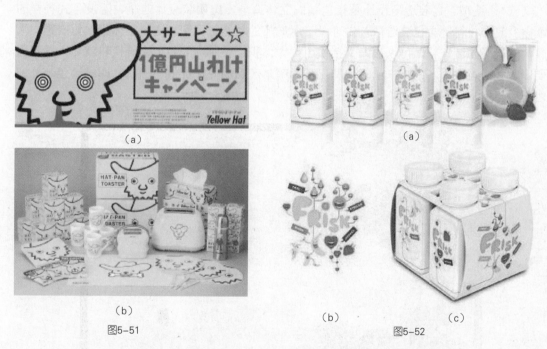

（a）

（b）

图5-51

（a）

（b）　　　　（c）

图5-52

（3）文字。文字在包装设计中的功能各不相同，可以分为形象文字，宣传文字和说明文字3种。形象文字包括品牌名称、产品品名、标识名称等，这些代表产品的形象，一般被安排在包装设计的主要展示面上，也是设计的重点。宣传文字是包装设计上的广告语或推销文字，是宣传产品特色的促销口号，内容一般较短。说明文字是对产品做详细说明的文字，它体现产品的细微信息，通常安排在包装的背面和侧面，一般使用印刷字体，如图5-53所示。

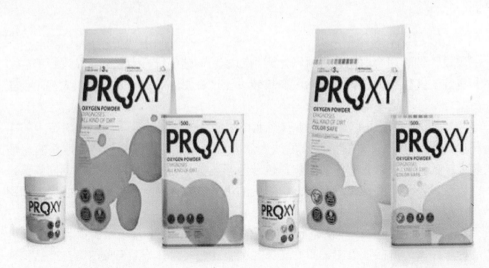

图5-53

（4）造型。包装造型设计是指包装的立体造型，比如装液体的瓶、罐及各式各样的纸盒及复合材料等。包装造型首先可以暗示产品的功能与用途。比如小体积、短瓶颈、大瓶口的瓶用来装饮料，可以让人直接饮用；大体积、长瓶颈的瓶用来装饮料就让人感觉需要倒入杯子再饮用。此外，包装造型还可以暗示产品的内在价值与档次，即通过包装外部造型的气质和感觉来显示产品内在的品质及档次，如图5-54所示。

图5-54

二、设计食品包装盒

操作步骤

1.绘制包装盒展开图轮廓

（1）新建一个文件，纸张方向为横向，根据包装盒的尺寸大小，从标尺中拖出多条辅助线。并用挑选工具移动辅助线到相应位置，其效果如图5-55所示。

（2）在工具箱中选择矩形工具，根据辅助线的尺寸绘制出包装盒的轮廓，如图5-56所示。

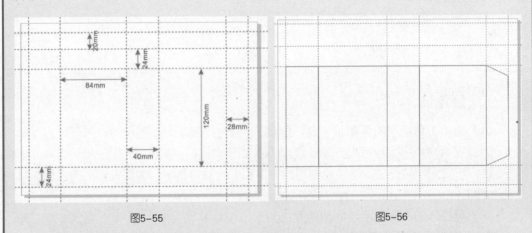

图5-55　　　　　　　　　　　　　　　　　　　　图5-56

（3）用矩形工具绘制周围的图形，其效果如图5-57所示。

（4）用矩形工具和贝塞尔工具绘制周围的图形，其效果如图5-58所示，绘制完成后的包装盒展开图如图5-59所示。

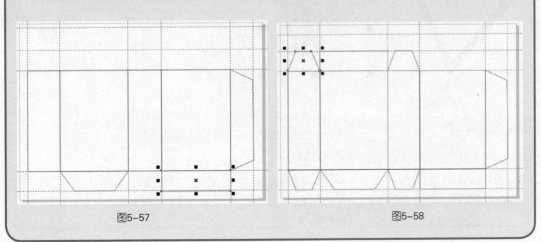

图5-57　　　　　　　　　　　　　　　　　　　　图5-58

（5）执行"视图"→"辅助线"命令，隐藏辅助线，包装盒展开图绘制完成，得到的效果如图5-60所示。

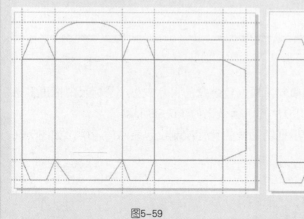
图5-59

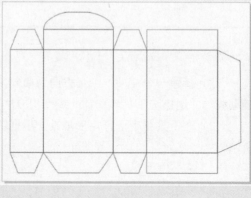
图5-60

2.绘制背景

（1）选择工具箱中的贝塞尔工具，绘制一个如图5-61（a）所示的三角形，为其填充为浅蓝色，取消轮廓线的颜色，得到的效果如图5-61（b）所示。

（2）按照同样的方法，继续绘制不同大小和形状的三角形，并填充不同的颜色，其效果如图5-61（c）所示。

（3）用挑选工具选中刚绘制的所有三角形，按小键盘上的"+"键，复制多次三角形，镜像并移动位置后得到的效果如图5-61（d）所示。

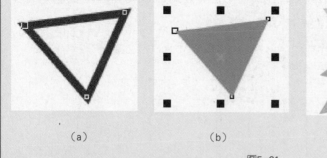

（a）　　　　　　　　（b）　　　　　　　　（c）　　　　　　　　（d）

图5-61

（4）用挑选工具选中包装盒中的5个矩形，为其填充为红色（CMYK值为1，100，96，0），其效果如图5-62（a）所示。把刚才绘制的三角形群组后放置到矩形上面，作为背景图案，其效果如图5-62（b）所示。

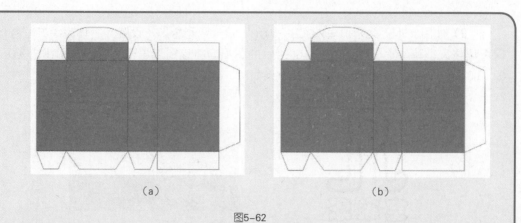

（a）　　　　　　　　　　　　　　　　（b）

图5-62

（5）用同样的方法把三角形图案复制到另外几个矩形上，得到的效果如图5-63所示。

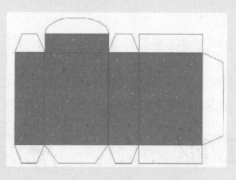

图5-63

3.导入饼干图片并绘制标志

（1）导入一张饼干图片，如图5-64所示，将其放置于包装盒正面，用透明度工具调整不透明效果，其效果如图5-65所示。

图5-64

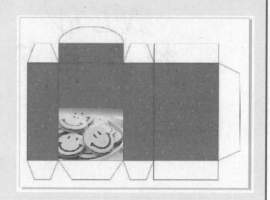

图5-65

（2）使用文本工具分别输入文字"QJL"和"全家乐"，设置其字体为经典空趣体简，调整大小和位置后得到如图5-66所示的图形。将该图形填充为黄色（CMYK值为0，0，100，0），并放置到包装盒上，其效果如图5-67所示。

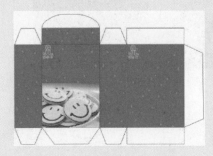

图5-66   图5-67

（3）选择工具箱中的文本工具，分别输入文字"New"和"新品上市"，调整字体后得到的效果如图5-68（a）所示。选择贝塞尔工具，沿着刚输入的文字的轮廓绘制路径，得到的效果如图5-68（b）所示。

（4）为其填充黄色并取消轮廓色后得到的效果如图5-68（c）所示。选择工具箱中的交互式阴影工具，为其添加阴影效果，得到的图形如图5-68（d）所示。

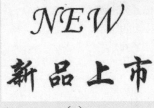

（a）   （b）

（c）   （d）

图5-68

4.输入产品名称和说明性文字

（1）选择工具箱中的文本工具，输入文字"笑哈哈"和"饼干"，设置其字体、字号、颜色（CMYK值为0，0，100，0）和阴影等，其效果如图5-69所示。将其放置到包装盒中的效果如图5-70所示。

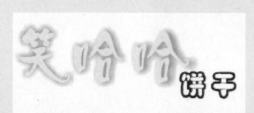

图5-69　　　　　　　　　　　　　　　　图5-70

（2）使用文本工具输入文字"香甜可口，快乐好滋味！"，再使用贝塞尔工具绘制一条曲线路径，其效果如图5-71（a）所示。选中输入的文字，执行"文本"→"使文本适合路径"命令，再选择曲线路径，取消其轮廓的颜色，其路径文字效果如图5-71（b）所示。

（3）选中刚绘制好的路径文字，按小键盘上的"+"键，将其进行复制，并将复制的文字填充为黄色（CMYK值为0，0，100，0），其效果如图5-71（c）所示。移动位置后得到的效果如图5-71（d）所示。

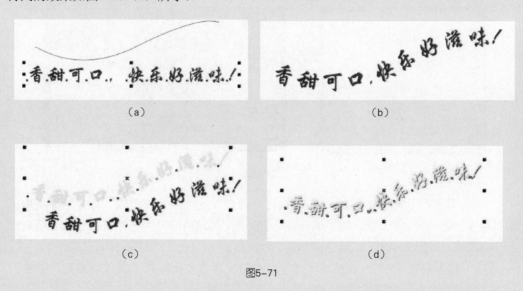

（a）　　　　　　　　　　　　　　　　（b）

（c）　　　　　　　　　　　　　　　　（d）

图5-71

163

（4）将路径文字群组后放置到包装盒中，其效果如图5-72所示。

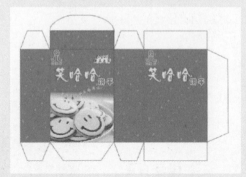

图5-72

（5）选择工具箱中的文本工具，输入文字"开盒即食，又香又甜"，设置其字体、字号，并填充为月光绿（CMYK值为20，0，60，0）色；用矩形工具绘制一个圆角矩形，并填充渐粉色（CMYK值为0，20，20，0）到白色的渐变，轮廓色为绿色（CMYK值为100，0，100，0），轮廓宽度为0.5 mm。再选择工具箱中的"文本工具"，输入其他说明性文字，设置字体字号等，得到的效果如图5-73所示。

图5-73

（6）用文本工具输入英文"Q"，执行"排列"→"转换成曲线"命令，使用形状工具选中"Q"的内部节点，按"Delete"键删除，并调节"Q"的外轮廓形状，填充蓝色（CMYK值为100,86,0,0），其效果如图5-74所示。

（7）输入英文"S"，调整其字体字号和位置，再使用矩形工具绘制矩形，并输入文字"质量安全"，绘制质量安全的标志，如图5-75所示。

图5-74   图5-75

（8）执行"编辑"→"插入条形码"命令，插入条形码，并将其放置到包装盒中的效果如图5-76所示，完成包装盒展开图的绘制。

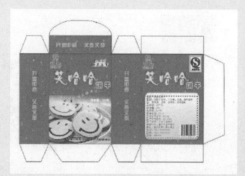

图5-76

（9）用挑选工具选中包装盒的正面所有文字和图形，复制到另一个文件中，执行"文件"→"导出"命令，将其导出为.jpg格式的文件，再导入到包装盒中来，用同样的方式制作另外两个面的图片。用挑选工具选中一张图，再次单击将图形倾斜，再用形状工具对其进行形状的调整。用同样的方法调整其余两张图，拼合起来得到包装盒的效果图，并为其添加阴影效果，最后包装盒的立体效果如图5-77所示，完成包装盒的绘制。

图5-77

经典赏析

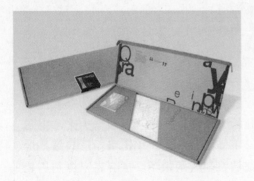

任务六　画册类制作——摄影工作室宣传画册

任务导读

画册设计，即产品画册和团体机构的业务信息与形象推广册集的简称。一本好的画册必须正确传达产品的优良品质及性能，同时给受众带来卓越的视觉感受，进而获得在选购和使用之后的价值提升。

本任务将设计一本如图5-78所示的摄影工作室宣传画册。

完成本任务可以学会的技能有：

· 了解画册设计及分类

· 会创作画册类作品

图5-78

一、认识画册设计

1.画册设计的特点

画册设计不只是注重画册的摄影、设计和印刷，而且更关注画册所要承担企业（或产品）与目标受众的沟通任务，最大程度地体现企业（或产品）的个性形象与优势形象。所以画册设计公司的品牌画册设计是要充分了解企业或产品的品牌文化，进而分析画册针对的目标对象与市场现状，以企业形象标准为基本，再进行深入而全面的企业（或产品）形象设计表现，最后再辅以感性的摄影与优秀的印刷工艺来完成品牌画册的设计任务。

画册的市场推广不但需要符合设计美学的三大构成关系，还包括所针对的客户群、地域、年龄段和知识层等。一本画册是否符合视觉美感，要根据图形构成、色彩构成和空间构成来评定，三大构成的完美表现能够提升画册的设计品质和企业内涵。

2.画册的分类

画册设计分为如下四类：

• 折页设计　一般分为两折页，三折页，四折页等。根据内容的多少和展示的风格来确定折页的方式，有的企业想让折页的设计表现出众，可能在制作形式上用模切、特殊工艺等来体现折页的独特性，进而增加消费者的印象，如图5-79所示。

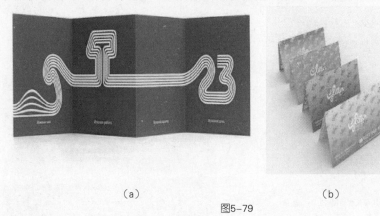

（a）　　　　　　　　　　　　　　　　（b）

图5-79

• 单页设计　单页的设计更注重设计的形式，在有限的空间表现出海量的内容。一般都采用正面是产品广告，背面是产品介绍的形式，如图5-80所示。

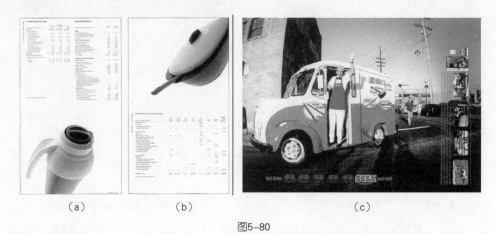

（a）　　　　　　　（b）　　　　　　　　　　（c）

图5-80

• 产品画册设计　着重从产品本身的特点出发，分析出产品要表现的属性，运用恰当的表现形式和创意来体现产品的特点。这样才能增加消费者对产品的了解，进而增加产品的销售，如图5-81所示。

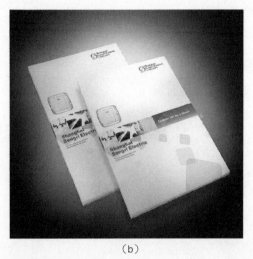

（a）　　　　　　　　　　　　　　　（b）

图5-81

• 宣传画册设计　根据用途不同，这类画册设计会采用相应的表现形式来体现此次宣传的目的，如图5-82所示。

（a）　　　　　　　　　　　　　　　（b）

图5-82

二、设计摄影工作室宣传画册

 操作步骤

1.绘制标志

（1）修改页面属性，长为300 mm，宽为150 mm，双击矩形工具创建一个页面等大的矩形，修改其边线为150 mm。复制一个左右摆放，效果如图5-83（a）所示。

（2）在上方分别录入4个文字"幻""像""重""生"，字体为宋体，大小适中，排列效果如图5-83（b）所示。

（a）　　　　　　　　　　　（b）

图5-83

（3）选中4个文字，将其转换为曲线，使用形状工具编辑和删除部分节点，其效果如图5-84（a）所示。

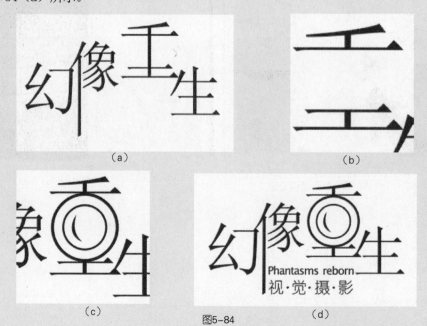

（a）　　　　　　　　　　　（b）

（c）　　　　　图5-84　　　　　（d）

（4）在"重"字中间画一个矩形和"重"字进行对象修整（造型），其效果如图5-84（b）所示。

（5）使用形状工具将"重"字下半部分下移，并在空缺部分使用椭圆工具、贝塞尔工具分别绘制两个圆环和圆弧，其效果如图5-84（c）所示。

（6）录入中英文字并调整距离，最后效果如图5-84（d）所示。

2.绘制封面和封底

（1）将标志改为深紫色，放到右边封面中心位置，填充由深紫色到白色渐变，效果如图5-85（a）所示。

（2）打开"素材/模块五/画册/封面素材"目录下的素材，放到封面图框内进行位置的不同调整，最后效果如图5-85（b）所示。

（a）　　　　　　　　　　　　　　（b）

图5-85

（3）绘制左边图框封底，效果如图5-86所示。

图5-86

3.绘制内页一

（1）单击页面左下方"加页"按钮 （快捷键为"PageDown"）增加一页，导入"素材/模块五/画册/内页一素材"目录下的素材，将照片内容放到右边图框内并调整大小位置，将花环素材放入左边图框内并复制，修改不同的颜色和大小，并重叠在一起，使其有层次感，效果如图5-87所示。

（2）使用贝塞尔工具绘制图形，效果如图5-88所示。

图5-87

图5-88

（3）使用文字工具录入一些相关文字，设置合适的字体、大小和位置，其效果如图5-89所示。

普罗旺斯
Photo 情迷
Discovering Provence

如此纯粹的紫色在高高低低的田园里绽开，在夏日的风中打开浪漫的符号，像那种最沉静的思念，最甜蜜的惆怅，仿佛藏身于深爱者的心中永远的那种温暖而忧伤的感觉。

So pure purple in high low fields in the summer and shy, wind Open the romantic symbols, like the most silent thoughts, sweet ChouAs Chang, hide in the deep heart forever lover that warm and sadnessFeeling.

图5-89

（4）导入"素材/模块五/画册/内页一"目录下的照片文件，调整其大小和位置，并创建倒影增加立体感，最后效果如图5-90所示。

图5-90

4.绘制内页二

增加第3页，导入"素材/模块五/画册/内页二素材"目录下的照片和素材，制作内页二，最后效果如图5-91所示。

图5-91

5.绘制内页三

增加第4页，导入"素材/模块五/画册/内页三素材"目录下的照片和素材，制作内页三，最后效果如图5-92所示。

图5-92

![做一做] 做一做

三亚,世界目光汇聚的地方,中国的美丽之城、魅力之城。她拥有灿烂的阳光、细柔的沙滩、清新的海风、纯净的氧气。请使用三亚的图片和文字的素材("素材/模块五/画册类制作/做一做素材.rar"),绘制以三亚旅游景区为主题的宣传画册,可以参考下面提供的封面和内页的成品图片。

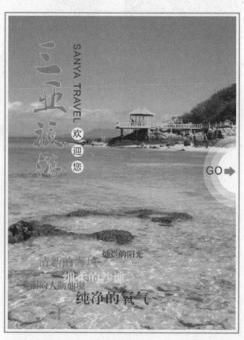

封面

内页

教师信息反馈表

　　为了更好地为教师服务,提高教学质量,我社将为您的教学提供电子和网络支持。请您填好以下表格并经系主任签字盖章后寄回,我社将免费向您提供相关的电子教案、网络交流平台或网络化课程资源。

书名:		版次	
书号:			
所需要的教学资料:			
您的姓名:			
您所在的校(院)、系:		校(院)	系
您所讲授的课程名称:			
学生人数:	_____人 _____年级	学时:	
您的联系地址:			
邮政编码:		联系电话	(家)
			(手机)
E-mail:(必填)			
您对本书的建议:		系主任签字 盖章	

请寄:重庆市沙坪坝正街 174 号重庆大学(A 区)
重庆大学出版社教材推广部

邮编:400030
电话:023-65112084　023-65112085
传真:023-65103686
网址:http://www.cqup.com.cn
E-mail:fxk@cqup.com.cn